오늘 같은 날 헤이리

우리의 삶이 햇살이 될 때

쑬 딴 성낙중 김민수 천호균
박봄슬 정병규 조형미 송효섭
장민자 유상현 이근미
김길수 류재민 지재건

오늘 같은 날 헤이리

들어가며

모처럼 고속도로를 들어서면 언제나 차가 밀렸다. 차가 꽉 막혀 있을 때마다 그런 궁금증이 들었다. '저 많은 사람들은 다 어디를 가는 걸까?' 그럴 때마다 차창 문을 열고 물어보고 싶었다.

'도대체 어디 가세요?'

사람 사는 일이 언제나 궁금했다. 다른 사람들은 어떻게 살까 궁금했지만 일일이 물어보는 건 쉽지 않았다. 아무에게나 물어볼 수도 없는 일이었다.

살다 보니 헤이리까지 오게 되었다. 3년 정도 헤이리에서 책방을 운영하면서 살다 보니, 이 먼 곳에도 사람들이 꽤 많이 산다는 데 놀랐다. 그리고 다들 잘 살고 있다는 데 한 번 더 놀랐다. 그리고 서울에서 직장 생활을 할 때 보던 그런 사람들과 삶이 다르다는 게 느껴졌다. 이 사람들은 어떤 사람들인가? 궁금했다. 물어보고 싶었다.

헤이리에서 사는 건 어떠신가요? 어떻게 살아오셨나요? 이야기 좀 들려주십시오.

그 이야기이다. 헤이리에서 살았던, 살고 있는, 예술활동을 하는,

카페를 하는, 식당을 하는 등 현업에서 활발히 움직이는. 은퇴하고 자신만의 공간을 꾸리고 사는 분들의 이야기. 우리 형의 이야기 일 수도 있고, TV에서나 나올 법한 그럴 듯한 누군가의 이야기일 수도 있다. 그리고 눈물 없이 들을 수 없는 이야기거나 배꼽 잡고 웃는 이야기일 수도 있다.

어릴 때, 아픔이 다가오면 타인의 더 큰 아픔으로 내 아픔을 치유한 적이 있다. 그 사람에겐 미안했지만 위로가 되었다. 생각보다 빨리 아픔이 사라지는 경험을 했다. 또 그런 경험도 있다. 타인의 드라마틱한 경험을 듣고 내가 각성을 하게 되는 그런 이야기들 말이다. 책보다 재미있고, 영화보다 짜릿하고, 다큐보다 감동적인 이야기가 사실 주변에 많다.

이 책은 그분들의 이야기를 엮었다.

되도록 원문을 만지지 않았다. 전문 글 작가가 아니니, 있는 그대로의 글맛이 느껴지길 바랐다. 마치 옆집 아저씨의 이야기를 듣는 듯이 말이다. 한 가지 더 욕심을 부리자면, 누구나 글을 쓸 수 있고 책을 낼 수 있었으면 하는 바람도 있었다. 특정 누군가가 아니어도 글을 쓰고 책을 낼 수 있는 세상도 재미있지 않은가 말이다.

책이 안 팔린다고 한다. 그래도 글의 맛이 아직 살아있다고 믿는다. 특히나 한 줄 한 줄 읽으면서 곱씹어지는 그 맛은 아는 사람만 안다. 그리고 그 글로 누군가를 이해하고, 그 이해를 바탕으로 나를 되돌아보게 된다. 그게 글의 힘이다.

그래도 나름 재미있을 것이다. 왜냐고? 나름 헤이리에서 산전수전 공중전까지 겪으신 분들을 모셨다. 카페 하시는 분, 책방 하시는 분, 철로 예술품을 작업하시는 분, 대마를 DMZ에서 키워보시려는 분, 20여 년 동안 헤이리에서 부동산 중개를 하신 분 등등. 바라는 건 많이 없지만, 이 책을 읽고 아! 헤이리에 이런 분들이 계시구나 생각하고 주말 드라이브 겸 헤이리로 한 번 놀러 오시면 좋겠다. 혹시 아는가? 그분 중에 누구를 만날 수도 있을 수 있으니 말이다.

자. 이제 그분들의 이야기를 만나보자. 그리고 그 안에서 나를 되돌아보자.

차
례

1
쑬딴

어쩌다 보니 헤이리에서 책방을 운영 중이다.
회사 그만두기 전에 사주를 봤는데,
서쪽이 좋다는 말을 듣고 매년 서쪽으로 이동 중이다.
Book Cafe가 아니라 북(北) 카페가 아닌지 이야기하고 다닌다.

'세상에 나쁜 개는 없다'에 출연한 골든 리트리버 3살짜리 탄이와
김 여사님을 모시고 책방을 운영 중이나, 책방을 자주 비운다.
책으로 먹고살긴 힘들다고 입버릇처럼 말하면서 계속 책방을 한다.

먹고 살려고 [대기업 때려치우고 동네북카페 차렸습니다. 20년 2월],
[개와술, 22년 1월] 출간한 적이 있다.
역시나 먹고사는 데는 도움이 되지 않다는 걸 많이 깨닫고
다음 책을 준비한다는 핑계로 주로 막걸리를 마시러 다닌다.

쑬딴스 북카페, 쑬딴스북 출판사 운영 중.
블로그 : http://blog.naver.com/fuha22
인스타그램 : @sultans_book_cafe

1

헤이리에서 책방 하면서 만나는 진상들

병의 원인 중 가장 많은 게 스트레스라고 한다. 스트레스는 주로 자발적으로 생기기보다 주변 사람들에게서 받는 경우가 많다. 책방을 하면 적어도 손님에게 받는 스트레스는 별로 없으리라 생각했다. 사실 지금도 이 생각엔 변함은 없다. 식당보다는 덜할 건 분명하니까.

책방엔 정말 다양한 사람이 온다. 특히 헤이리는 이 근처 분들보다는 대부분 외지인이다. 그들 중에 병을 유발하는 분들이 있다. 우리는 그들을 '진상'이라고 부른다.

진상엔 여러 가지 유형이 있다. 극악무도한 경우도 있고, 아주 무개념인 경우도 있고, 적절하게 매너가 없는 경우나 본인도 인지하지 못할 정도의 배려가 없는 경우 등 다양하다. 공통적인 건 하나같이 본인이 얼마나 진상인 줄 모른다는 거다. 우리가 나쁜 놈을 이야기할 때, 조금 나쁜 놈과 아주 나쁜 놈을 구별하지 않는 것처럼 굳이 진상의 단계를 구분하지는 않는다. 그저 조금 타인에 대한 배려가 지금보다 많아졌으면 한다. 그뿐이다.

진상 1

아주 자연스럽게 책방에 들어선다. 혼자거나 동행이 한 명 정도 있다. 주로 선글라스를 장착하고, 모자를 쓰는 경우가 많다. 나이가 지긋한 경우가 대부분이다. 이런 분은 아무렇지 않게 책방에 들어와서는 화장실로 돌진한다. 화장실이 출입구에 가까이 있기도 하지만 그렇게 빨리 위치를 파악하는 것도 신기에 가깝다.

주로 김 여사(책방 대표님이자 마누라 되신다)는 주방에 서 있고 나는 화장실 앞 긴 테이블에 앉아 작업을 하거나 글을 쓴다. 앉아 있는 나를 지나쳐서 화장실로 직행한다. 주인으로 보이는 나에게 한마디도 하지 않는다. 내가 원래 아는 사람이라고 생각할 정도로 자연스럽다. 그리고 마음껏 화장실을 사용하고, 물 내리는 소리가 난 후에 개운한 표정으로 화장실을 나선다. 그러고는 나간다. 뭐가 지나갔나? 생각이 들 정도다. 내가 아는 사람인가? 생각이 들 때가 많다.

이런 유형은 우선 눈을 마주치지 않고 행동이 너무 자연스러워 여기가 혹시 저 사람 가게인가 싶을 정도다. 그리고 놀라울 정도로 재빠르게 사라진다. 뒤도 돌아보지 않고 말이다. 나가는 걸음은 들어올 때보다는 훨씬 여유롭다.

진상 2

주로 미취학 아동들과 함께 들어온다. 젊은 엄마도 가끔 있지만 많진 않다. 새삼 느끼지만 젊을수록 배려가 있고, 나이가 들수록 배려는 삶아 드시는 경우가 많다. (제발 이 글을 읽으시는 40-50대 이상인 분들은 그런 분이 없길 바란다) 이분들은 책방에 들어서자마자 아이들에게 이렇게 외친다.

"화장실 있다. 빨리 들어가!"

그러고는 아이들과 함께 화장실로 사라진다. 물론 나는 그 앞에 여전히 앉아 있다. 누가 봐도 이 책방 주인이라고 생각이 들 텐데도 여전히 아무런 말도 없다. 아이들은 시간이 좀 걸린다. 주로 작은 것?보다는 큰 것 위주로 일을 본다. 한참 후에 물 내리는 소리가 들리고 옷 챙겨 입는 소리가 난다. 그리고 물이 안 나와. 수건이 없어. 뭐 이런 이야기를 나누다가 아주 개운한 얼굴로 아이들과 함께 나온다. 그리고 나간다. 정말로 그냥 간다. 가끔 화장지가 없다고 화장지를 달라고 한 후, 역시나 볼일을 보고 나간다.

역시나 내가 아는 사람이 아니었을까 싶을 정도로 자연스럽다.

진상 3.

책방에 마당이 있었다.(책이 나올 즈음엔 책방을 이전할 것이라 과거형으로 적었다.) 돌로 된 테이블과 앉을 수 있는 돌 의자도 있었다. 한 가족이 우르르 마당을 가로질러 들어온다. 테이블에 자연스럽게 앉는다.

나는 그들을 책방 안에서 계속 보고 있다. 손님이 왔구나 하고 속으로 쾌재를 부른다.

그런데 이상하다. 아이들은 책방 앞 다른 가게에서 사 온 아이스크림을 먹고 있다. 엄마는 주로 핸드폰을 본다. 아빠는 마당에서 담배를 피운다. 그래도 끈기를 잃지 않고 저러다가 책방 안으로 들어올 거라고 믿는다. 아이들이 아이스크림을 먹은 후, '아빠 다 먹었어.' 뭐 이런 이야기를 하면 아빠는 담배를 털고 마당에 꽁초를 던진다. 그리고 '가자' 이러면서 아이스크림 종이 쓰레기를 돌 테이블에 놓는다. '아빠 이제 우리 어디 가?' 이러면서 유유히 간다.

나는 여전히 책방 안에서 지켜보고 있다.

진상 4.

두 눈에서 꿀이 뚝뚝 떨어지는 커플이다. 어찌나 젊고 아름다운 모습인지 감동스럽기까지 하다.

인근 피자집에서 피자를 먹고 포장을 해왔다. 헤이리에 츄러스 집도 유명한데 츄러스도 사들고 있다. 서로 마주보면서 츄러스를 맛있게 먹고 있다. 우리 책방 마당에서 그러고 있다는 말이다. 저쪽 다른 카페에서 산 테이크 아웃 음료도 들고 있다.(참고로 책방에도 음료 메뉴가 있다.) 한참 동안 츄러스와 음료를 마당에서 신나게 먹으면서 서로 눈으로 웃고 있다. 그리고 츄러스를 다 먹고, 음료를 거의 다 먹은 후 피자 포장한 걸 그대로 그 자리에 둔다. 그 자리엔 쓰레기통 이런 게 없다. 하물며 화분이 놓여 있다. 쓰레기가 원래 그곳에 있었던 듯 그대로 둔다. 그리고 츄러스 포장지와 음료 테이크아웃 잔을 가지런히 그 옆에 둔다. 그리고 서로를 사랑스러운 눈으로 바라보며 일어나서 간다. 여전히 눈에서 꿀이 떨어지고 있다. 나는 깜박하고 두고 간 줄 알았다. 그 비싼 피자를 말이다.

다시 오겠거니 한다. 절대로 오지 않는다. 영원히 오지 않았으면 하고 생각한다.

진상 5.

책방을 하다 보면 일종의 루틴이 생긴다. 오는 손님들의 질문도 루틴이 생긴다. 대부분 이런 식이다. 책방에 들어온다. 책방을 한 바퀴 둘러본다. 그리고 이렇게 묻는다.

"이 책들은 읽어도 돼요?"

대부분 새 책은 구매 후 읽어달라고 하지만, 우리 부부는 마음이 약해서 조심스럽게 봐달라고 한다.

"책은 정가로 팔아요?"

그렇다고 하면, 책을 가져가서 종이를 구기면서 읽은 후, 핸드폰으로 책 표지를 찍고 그냥 나간다. 책은 책상에 그대로 둔 채로.

또 이런 일도 있었다.

마당 초입부터 왁자지껄한 등산복 무리가 들어선다. 얼핏 봐도 열 명 남짓이다. 단체 손님이 오시려나 내심 얼굴에 미소가 지어졌다.

'여기서 쉬다 가자'라며 화장실이 어디냐고 묻더니 줄줄이 기다렸다가 화장실을 이용하고는 책방 안을 둘러보거나 마당의 의자에 앉아 대화를 나눈다. 여러 잔의 음료가 나오려면 시간 좀 걸릴 텐데 먼저 주문하고 화장실을 가시지 속으로 생각했다. 마지막 화장실을 이용하시던 분이 나오자마자 자리에 앉아 있던 분들이 기다렸다는 듯 빨리 나오라고 손짓하더니 뛰듯이 나간다. 하아. 여기가 공용화장실인 줄 아나 화가 치민다. 똥을 싸고 간 만큼 덕이 쌓이느니.

이런 이야기를 하면, 대부분은 뭐 이런 일로 스트레스를 받느냐고 한다. 잘 안다. 나 같아도 그럴 테니. 처음엔 나도 그랬다. 얼마나 급했으면 그렇겠어. 아이들이 급하니까 들어온 거지. 그런데 시간이 지나면서, 그렇게 급한 사람들이 너무나 많다는 걸 알게 된다. 그리고 그 급한 사람들이 개념을 장착하지 않았다는 걸 알게 되었다.

그래도 대한민국이 망조만 있는 건 아니다. 간혹 "죄송한데 우리 아이가 화장실이 급한데 잠시 사용해도 될까요?"라고 정중하게 묻고는 감사하다고 인사를 하고 화장실 사용 후 굳이 커피를 주문하거나 책 한 권을 사서 가는 분들이 있다. 생각보다 적지만 없진 않다. 가만히 생각해보면 이런 경우가 원래 정상이어야 하는데 막무가내인 사람이 너무 많아 오히려 감사한 마음이 든다.

그래도 아직까지 진상들에게 매몰차게 뭐라고 하지 못한다. 천성이다. 바보 같아서 그럴 수도 있고, 싫은 소리를 하고 싶지 않아서 그럴 수도 있다. 나만 스트레스 받는 거 같아 더욱 울화가 치밀기도 한다. 그래서 결국 어떻게 했느냐고?

화장실 표시를 떼어버리고 그 위에 [기계실]과 [창고]라고 써 붙이고 [관계자외 출입금지]라고 써두었다. 그래서 책방 손님이 화장실이 어디냐고 하면 남자분은 기계실로 가라 하고, 여자분은 창고로 가라고 했다. 효과는 어땠냐고? 나쁘지 않았다. 진상 손님이 현저히 줄었기 때문이다. 아무리 급해도 기계실에서 볼일을 볼 수는 없을 테니 말이다.

참고로, 막무가내로 화장실을 이용하는 진상일 경우, 화장실 뒤처리가 얼마나 엄청난지 보여주고 싶지만 구토를 유발할 수 있어서 참는다. 책방을 하려면 책만 팔아선 안 된다. 가끔 기계실과 창고로 화장실을 둔갑시킬 수 있어야 한다. 그래야 단명하지 않는다.

오늘도 나는 [기계실]과 [창고] 문을 굳게 닫고 선글라스를 끼고 함부로 막 들이닥치는 그들을 기다리고 있다.

2
성낙중

- 개인전 7회

윤갤러리(초대전) 서울 1996, 덕원미술관(초대전) 서울 2000,
용산 레아미술관(초대전) 서울 2009, 장흥아트파크(초대전) 경기 2010,
갤러리3325(초대전) 마산 2011,아트팩토리 (초대전) 서울 2016,
더장미갤러리(초대전) 헤이리 2016

- 수상 및 레지던스

장흥조각 아뜰리에 입주작가(2008-2009) 장흥아트파크
크라운해태 아트밸리 입주작가, 아리랑 어워드 수상

- 단체전 150여 회

서울오픈아트페어, Spoon art fair, 대구 아트페어, 홍콩아트페어,
상해아트페어, 화랑미술제, 공예트렌드페어, 서울국제조각페스타,
아트로드77아트페어, 호텔 아트페어, 아트에디션 아트페어, Gift Art Fair,
여수국제아트페스티벌, DMC 미디어 아트 페스티벌, 시민청아트페스티벌,
성남야외조각축제展 등

- 작품 소장처

장흥조각공원, 성남율동공원, 헤이리예술마을, 비단길문학원, 남서울CC,
크라운해태아트밸리, 고성박물관, 인창고등학교, 미술은행.
인터렉티브아트뮤지엄 외 개인소장

2

헤이리의 기억(Feat 김 선생님)

파주…지금 되돌아보면 파주는 내 인생에 많은 변화를 안겨준 곳이다.

생각지도 않게 '파주'로 생활 터전을 옮기게 된 것도, 생계와 작품 활동을 힘겹게 병행해가던 내게 마치 희망의 등불처럼 작가의 길로 인도해주신 은인이나 다름없는 '김 선생님'을 만나게 된 것도 다 이곳 '파주 헤이리'에서였다.

어느 날, 김 선생님은 뜬금없이 고물상을 한 바퀴 돌아보자며 나에게 연락을 주셨다. 얼떨결에 따라나서 고물상의 여러 곳을 둘러보던 그때 나의 시선을 이끈 것은 한 무더기의 고철 덩어리였다.

그것은 건물을 철거하는 과정에서 나오는 폐 철근들로, 비좁은 고물상의 공간에 용이하게 보관하기 위해 기계를 이용해 압축시켜 놓은 육중한 고철의 덩어리였다. 한때 거대한 건물을 지탱하고 있었을 만큼 강하고 단단했던 철근들이 그 기능을 잃고 '조물조물', '돌돌돌'

공처럼 잘 말아 놓아진 모습이라니. 의도하지 않게 잘 말아진 고철 덩어리는 그 자체만으로도 예술적이었으며, 신기루를 만난 듯 벅찬 감동으로 다가왔다.

이런 내 마음이 전해졌는지 김 선생님은 내 1톤 화물차에 고철 덩어리 1톤을 실어 주시고는 작품 재료로 써보라며 선뜻 선물로 선사해주셨다. 고철을 이용하는 지금의 작업을 이어가게 해준 계기가 된 그날의 기억은 지금까지도 머릿속에 생생하게 남아 있다. 이 또한 운명의 순간이었다.

김 선생님의 도움의 손길은 그 뒤로도 끊임없이 이어졌다. '헤이리'와의 깊은 인연을 맺게 된 것 또한 작가로서 작품 활동을 유지할 수 있게 끔 도움을 주신 고마운 선생님들과의 인연도 모두 '김 선생님'으로부터 시작된 것이었다.

지금까지도 난 여전히 '김 선생님'과의 소중한 인연을 이어가고 있다. 부족한 나에게 아비의 마음으로 늘 베풀어주시는 김 선생님께 민망하고 죄송스러운 마음 가득하지만 감정 표현이 서툴기만 한 나는 그 감사한 마음 또한 다 전해 드리지 못하고 살았다. 부끄럽지만 '김 선생님'을 향한 감사한 마음을 이 지면을 통해 진심을 담아 전해드리고 싶다.

'김 선생님'과의 인연은 아무런 연고조차 없었던 '헤이리'라는 또 다른 공간으로도 나를 이끌어주었다. 꿈 같은 일이었다. 보통 예술가들의 선망의 대상처럼 여겨졌던 '헤이리 예술마을'로의 입성 이라니. 이 또한 운명처럼 느껴졌다.

마치 모든 우주가 나를 중심으로 향해 돌고 있는 듯, 헤이리에 계신 선생님들이 내게 선뜻 도움의 손길을 내밀어 주셨고 작품 활동을 계속할 수 있게끔 힘도 실어주셨다. 각박한 세상살이에 지쳐 있었던 부족한 나에게 가뭄 속의 단비처럼 삶의 원동력이 되어 준 공간. 그곳이 바로 여기 파주, '헤이리 예술마을'이었다.

미루나무가 하늘을 찌를 듯이 우뚝 솟아 있고 들풀은 한가로이 바람에 살랑거리며 저마다 다른 맵시를 뽐내며 자리잡고 있는 색다른 건축물들과 각기 다른 향기를 담고 있는 작가들의 작업들. 그리고 그들이 남긴 수많은 영감의 흔적들. 그렇게 '헤이리'는 나의 호기심을 자극하며 미지의 세계로서 다가왔다.

예술이 그러하듯 '헤이리'라는 공간을 한마디로 정의할 순 없다. '헤이리'는 여전히 꿈을 꾸고 있기 때문이다. 누군가에게는 다양한 예술적인 영감과 표현의 자유와 그 실현을, 또 다른 누군가에게는 편안한 안식과 힐링을 주는 공간으로서 소통하는 곳이 바로 '헤이리 예술마을'이다.

꿈을 잃지 않고 끊임없이 상상의 나래를 펼칠 수 있는 공간.

'그들과 나'라는 경계심을 허물고 '우리', '함께'라는 마음을 가지고 나아간다면 '헤이리 예술마을'은 우리들의 삶 속에서 꿈이 있는 아름다운 공간으로 거듭날 수 있을 것이다. 나는 기억한다. 헤이리가 내게 안겨준 따뜻한 정을.

나는 희망한다. 이곳 헤이리에서 내가 느꼈던 따뜻한 사랑을 또 다른 내가 함께 느낄 수 있게 되기를.

3

김민수

어느덧 20년 가까이 헤이리에서 중개업을 한다.
일이 없을 땐, 도서관에서 책을 빌려 보거나
사무실에서 낮잠을 즐긴다.
골프와 배드민턴, 수영 등을 즐기는 중년이다.
쑬딴스 대표님이 글을 써보라고 해서 고사했는데,
이전한 책방을 소개해준 대가를 치뤄야겠다고 마음을 고쳐먹었다.
헤이리에 상가나 토지 매매 등을 원하면 꼭 연락 주시면 좋겠다.

블로그 : https://blog.naver.com/anycallminus (헤이리길 안내쟁이)

3

헤이리에서 부동산 중개를 15년 동안 합니다!

북한과 가깝다고 생각한 파주. 2003년 10월, 그곳에서도 헤이리 예술마을이라는 생소한 마을에 들어오게 되었다. 당시 더 스텝 분양 팀장으로 일해 여러 사정을 거쳐 중개업으로 업종을 전환해 지금까지 헤이리에서 밥벌이를 하고 있다. 중간에 막연한 상황이 있었지만 어찌되었든 20년 가까이 고향도 아닌 이곳에서 터를 잡고 있다.

지금은 상업적으로 많이 바뀌었지만 헤이리는 내가 들어올 당시만 해도 정적이면서 조용한 동네였다. 시골 정서와 맞는 사람은 잘 견디지만 도시화에 길들여진 도시민이라면 헤이리가 따분하고 적적할 듯하다. 헤이리에는 다양한 분야를 전공한 회원들과 임차인이 상주한다. 일부 사람들에게 헤이리는 밤에 거주를 안 하는 마을로 인식되어 있는데 실제 200곳 이상이 사람들의 주거공간으로 사용된다.

헤이리는 조성된 지 20년이 넘다 보니 여러 종류의 시설이 많다. 이 크지 않은 동네에 건물이 약 250여 개 정도가 있다. 박물관, 갤러리, 기념관, 카페 등 상업시설, 스튜디오, 작업실 기타 등등 문화 예술 관련 시설이 많다. 그중 80개 정도가 카페라고 하니 헤이리의 건물 3분의 1에는 카페가 있다고 해도 무방하다. 그래서인지 주중엔 조용하다가도 주말이나 공휴일이면 사람들이 어디서 나타났는지 많이 놀러 온다. 사람 구경도 재미있지만 가끔 지인이나 손님들이 들러 이런저런 얘기를 하기도 한다. 쏠쏠한 즐거움이 아닐 수 없다.

사람들에게 헤이리는 일반인 입주가 안 되고 예술인만 입주하는 줄 안다. 반은 맞고 반을 틀리다. 헤이리마을 초창기에는 헤이리 입주가 좀 힘들었는데 지금은 헤이리 입주가 어렵지 않다. 헤이리에서 사업 계획만 좋으면 들어와서 살든 카페를 운영하든 할 수 있다. '헤이리 원주민'으로서 몇 가지 팁을 드리자면 헤이리는 일주일 체험 또는 한달살이 하기에 좋은 동네다. 헤이리 내에 (지금은 영업 적자로 인해 많이 없어졌지만) 아직도 갤러리나 박물관, 체험 공간들이 많고 그곳에는 다양한 프로그램과 많은 전문가들이 있다. 짧은 시간 안에 배우고 체험하기에 '헤이리'는 최적의 공간이 아닐 수 없다. 또한 헤이리 사무국에서 무료로 진행하는 프로그램도 많아 경제적인 부담도 살짝 덜 수 있다. 주말에는 플리마켓이 열리기도 하고 인근에 갈 곳도 많고 먹을거리도 다양해서인지 주말과 공휴일엔 많은 사람들이 헤이리를 방문한다.

이러나저러나 나에게 헤이리에서 공인중개사로 살아남는 건 녹록

지 않다. 나의 주된 수입원은 헤이리 토지나 건물에 대한 매매 또는 임대, 임차 계약 등이다. 헤이리는 약 350필지 정도가 있고 헤이리 건물이 260여 개 정도가 영업을 하거나 자기 쉼 공간으로 활용한다. 그러다 보니 남은 나대지도 많지 않고 가격도 다소 올라 거래가 많지 않다. 더구나 새롭게 생겨나는 중개업소와 인근의 중개업소들이 무한경쟁으로 나눠먹기식인데 매매가 빈번하지 않기 때문에 그 조차도 쉽지 않다. 헤이리안에서만 매매, 임대를 하는 나로서는 일할 때보다 놀 때가 많은 웃픈 상황이 많다.

헤이리에서의 일상은 특별하지 않다. 아침에 출근해서 블로그나 네이버에 매물 작업을 시작으로 끝나면 헤이리 무장의 숲으로 산보를 나간다. 산의 정기를 받다 보면 이런저런 일이 두서없이 생각난다. 긍정적인 건 좀 더 좋게 생각하고 부정적인 건 생각을 멈춘다. 오후에는 블로그 작업 및 책을 읽거나 상담을 한다. 그러다 보면 퇴근 시간이 다가오고 일과 후에는 배드민턴, 수영장, 골프 연습장으로 향한다. 벌써 15년째다. 어느 순간 '벌써 30년째'일 수도 있을 것 같다.

처음 글쓰기 얘길 들었을 땐 '써야 하나' 고민을 했다. 어쩌다 보니 헤이리에 살고 있지만 특별하지 않은 일상을 주절주절 풀어쓰는 게 과연 사람들에게 이야기가 될까 의심스럽기도 했고 부담도 되었다. 그런데 생각해보니 거창한 걸 바라는 게 아니고 '헤이리에 사는 사람'으로서의 소소한 일상을 쓰는 것이기 때문에 가볍게 읽어 내려가기 나쁘지 않을 것 같아 부족하게나마 이렇게 쓰게 되었다. 누군가에겐 주말에 잠깐 다녀오기 좋은 곳이고 또 다른 누군가에겐 공기 좋고 가볼 곳 많아 부러움의 장소일 수도 있지만 20년 가까이 살고 있는 사람으로서 헤이리는 별반 다를 것 없는 동네다. 어느 동네나 그렇겠지만 정도 있지만 그만큼 말도 많은 동네. 그곳이 헤이리다!

4
천호균

hokyunchun@gmail.com

前 서울이업종연합회 회장(2005)
前 쌈지 대표
前 쌈지스페이스 운영
前 인사동 쌈지길 조성
前 쌈지사운드페스티벌 15회 공연

– 상훈
세상을 밝게 만든 100인(2006)
대한민국브랜드 경영대상(2001)
대한민국디자인대상 중소기업부문 경영우수상(1999)
월간미술대상 특별상(1999)
문화예술지원기업대상 창의상(1999)

– 저서
"맛있게 먹겠습니다" 저자(2017)
"도시의 기획자들" 천호균, 이강오, 이채관 외/ 케이앤피북스(2013)
"농부로부터" 이태근, 이제이, 천호균/ 궁리(2011)

4

예술로 농사짓고 평화로 농사짓다

작년 4월 27일, '4.27 판문점선언'을 한 지 3년째 되는 날, DMZ 인근 밭에 평화의 대마씨를 파종하였습니다.

대마씨 세 알씩을 심으면서

한 알은, 기후위기 비상행동으로

한 알은, 차별, 불평등 없는 세상을 위하여

한 알은, 평화통일을 염원하며 정성껏 심었습니다.

예술과 함께한 지 30년, 비로써 저는 '예술로 농사짓고 농사로 평화짓는' 진짜 농부가 되었습니다.

(주)쌈지, 예술을 만나다.

1992년 론칭부터 (주)쌈지는 다양한 형태로 예술과 만났습니다.

'예술이 브랜드에 생명력을 불어넣는다'는 생각으로 상품의 예술화, 예술의 생활화를 지향하였습니다. 예술가의 작품을 쌈지 제품

디자인에 접목했고, 매장 인테리어에서부터 광고, 프로모션 전략까지 (주)쌈지의 모든 것에 예술을 녹이려 하였습니다. 예술경영을 위해선 새로운 예술을 발굴하는 것도 멈출 수 없었습니다. 끊임없이 살아 숨쉬는 창의적인 기(氣)를 받기 위해 쌈지 스페이스를 열었고, 실험적이고 독특한 음악 세계를 추구하는 신예 음악가를 발굴하고 대중에게 다양하고 신선한 음악을 소통하기 위해 쌈지사운드 페스티벌을 시작했습니다. (주)쌈지에게 예술은 사회를 읽는 눈이자 사람들과 만나는 접점이었기에 편견 없고 다양한 장르의 많은 예술과 함께하려 하였습니다.

(주)쌈지농부, 농사가 예술입니다.

농사가 예술입니다

들녘에 흔들리는 벼와 파릇한 논은,
현대적 미에 익숙한 우리에게
농촌의 진정한 아름다움을 선사합니다.
농부와 농사를 존중하고, 그 아름다움을 재인식하여
농사에 대한 새로운 아름다움을 발견해나가고자 합니다.

2008년, 서울디자인올림픽에서 주최 측이 제시한 주제는 '미래의 디자인'이었습니다. 그때 예술가들과 고민 끝에 찾은 해답이 '농사'였습니다. 가장 오래된 것이 지속 가능해야 하고, 지속 가능할 것이라는 생각과 그런 오래된 것 중 가장 가치 있는 것이 농사만 한 것이 없다고 생각했습니다. 잠실 올림픽경기장에서 진행된 이 행사에서 우리는 '농사가 예술이다'를 전면에 내세우고 작품이 시장에 있거나 농산물이 갤러리에 있는 듯한 모습을 연출하여 현대적 미에 익숙한 많은 사람들에게 농사의 아름다움을 보여주었습니다.

(주)쌈지농부는 이렇게 시작되었습니다. 파주 헤이리 예술마을로 자리를 옮겨 '농부로부터'를 열었습니다. '논밭예술학교'를 짓고 '쌈지 어린 농부 학교'를 열어 그곳에서 아이들과 텃밭 농사를 시작했습니다. 씨를 뿌리면 싹이 트고, 꽃이 피고, 열매가 맺는 생명의 신비로움을 접하다 보면 농사야말로 진짜 디자인이고 살아 있는 예술이구나 하는 생각이 들었습니다.

예술을 하듯 농사짓는 착한 농부들을 만났습니다. 현란한 이미지보단 그들의 마음이 돋보이는 상품을 만들려 하였고 정성을 담아 그것을 알리려 하였습니다. '서울디자인 올림픽'이 농사의 아름다움을 눈으로 보여주려 하였다면, '서울시 농부의 시장'은 착한 농부들의 상품에 담긴 생각과 마음을 전달하는 농부, 예술가, 시민이 함께 꾸리는 예술축제였습니다.

예술로 생명, 생태, 평화를 만나다

2015년 9월, 쌈지사운드페스티벌을 함께했던 예술가들이 임진강 평화누리에 모였습니다. 흥겨운 사운드는 여전하지만 이번엔 임진강 준설을 막기 위한 사회적 역할의 예술 축제였습니다. 공연 중간중간 임진강의 생태적 중요성에 대해 이야기하는 연사들의 이야기도 시처럼 아름다웠습니다. 축제 이후 긴 싸움은 있었지만 결국 예술은 임진강의 생명과 평화를 지켰습니다.

농사를 시작하고 생명, 생태, 평화의 소중함을 배우면서 생명을 살리고 자연을 이롭게 하는 새로운 예술을 만났습니다. 하지만 이것에 대한 마음에 진심이 더해질수록 제가 사는 곳 헤이리 예술마을에 대한 회의가 들었습니다.

생태가 잘 보존되었던 자연에 예술한답시고 그곳에 살던 생명을 몰아내고 자연을 파괴하면서까지 이루어낸 예술마을 공동체가 과연 무슨 의미가 있을까?

더 늦기 전에 다행히도 아직 이곳에 남아 있는 생명들과 공생 공존

하는 삶의 방법을 창의적으로 모색하자는 그 다짐의 실천으로 재작년 가을 헤이리 마을 축제에서 농부와 예술가들과 함께 "생명 사랑 헤이리"에 대한 세미나를 열었었습니다. 그리고 요즘 저는 파주시 광탄면 석현리, 평화를 준비하는 마을 '(사)평화마을짓자'에서 농사와 예술을 공유하며 이를 실천하고 있습니다.

대마 농사로 예술짓다

김종철 선생님께서 발행인으로 계셨던 '녹색평론'에서 우연히 대마에 관한 글을 접하게 되었습니다. '마약류'로 각인돼버린 대마를 다시 생각하는 계기가 되었고 그 이후 여러 선생님을 찾아다니며 홀린 듯 새로운 공부에 빠져들었습니다. 그리고 기후 문제, 생태, 생명 오랫동안 고민했지만 쉽게 풀 수 없었던 해답의 실마리를 '대마'에서 찾을 수 있었습니다. 대마 농사를 짓기로 마음먹고, DMZ 근처에 농사지을 땅을 알아보기 시작했습니다. DMZ로 향한 건, 대마에서 찾은 '평화'라는 희망 때문이었습니다.

대마는 연료뿐만 아니라 플라스틱 직물, 건설자재 그리고 여타 무수한 분야에서 석유화학 물질에 대한 우리의 의존도를 현저히 감소시켜줄 수 있습니다. 그것은 실제로 수천 년 동안 산업용, 의료용으로 재배되어 왔으며, 오늘날 미국 외에 많은 나라에서 합법적으로 재배되고 있습니다. 1938년 '포퓰러미캐닉스'에 발표된 한 기사에 의하면 미국에서 금지되기 전에 대마는 다이너마이트에서 셀로판에 이르기까지 25,000종의 제품에 사용될 수 있는 10억 달러 가치를 가진 작물입니다. 대마의 새로운 용도는 계속해서 밝혀지고 있는 중입니다. 예를 들어 연료에서 발생하는 스모그를 제거할 수도 있고 원자력을 대체할 수 있는 보다 깨끗한 에너지원으로도 토양 속의 방사능 물질을 제거하는 데도 이용될 수 있습니다. 또한 인간과 동물들의 영양가 높은 양식으로 사용될 수도 있습니다. 항정신성 작용이 없는 대마 추출물 즉 칸나비디올(CBD)은 오늘날 미국의 유행병인 아편중독을 억제하는 데 도움이 될 수 있는 것으로 최근 밝혀지기도 했습니다.

2005년 북한 노동신문에는 "전국을 대마 숲으로 뒤덮자"라는 표제의 기사가 등장한 적이 있습니다. 그리고 2008년 11월 개성공단에 이어 남북평화를 위한 역사적인 기념식이 있었습니다. 남북 경제인들이 힘을 합쳐 세운 '평양 대마 방직'이 문을 열게 되었습니다. 남과 북이 공동의 이익을 창출해 민족의 화해와 번영에 기반을 제공하겠다는 마음으로 남북이 머리를 맞대어 일궈낸 성과였습니다. 남북 관계가 악화되고 개성공단이 폐쇄되면서 그 꿈은 오래가지 못했지만 대마가 보여준 평화의 희망이었습니다.

예술은 편견과 오해를 상상력과 아름다움으로 반전시키며 진실의 영역을 확장합니다. 예술은 상식과 편견의 틀을 깨는 새로운 것에 환호합니다. 대마로 예술을 시작하겠습니다. 대마 농사로 예술을 짓겠습니다. 첨예한 군사적 긴장 속에 총과 지뢰로 점철된 분단의 땅 DMZ에서 남북이 협력하여 신이 내린 선물 평화의 대마를 심으며 지구 최후의 분단 지역을 지구 최초의 기후 위기를 극복하는 평화와 생명의 상징 지대로 만드는 데 한걸음 내딛겠습니다. DMZ에서 대마 농사로 예술하며 평화를 짓겠습니다.

5
박봄슬

헤이리예술마을에서
카페 "빅핸드" 를 운영하고 있는 음악하는 부부입니다.
COVID19로 인해 계획했던 공연을 단 한 번도 하지 못했지만
원래는 사람들과 모여 정기적으로
음악공연도 하고 소통도 하며
사람들의 사연과 음악이 가득 흐르는 카페로 만들고 싶었습니다.
지금도 여전히 기회만 노리고 있고, 상황이 주어진다면,
음악과 사람이 서로 연결되어 음악으로 소통할 수 있는,
음악으로 위로도 받고, 즐거운 추억도 얻어 갈 수 있는
멋진 추억과 사연 많은 카페로 만들어 가려 합니다.

책 출간 즈음에 세상에 나올 우리 아가 '황노을' 사랑합니다.
행복하게 살겠습니다.

5

이왕이면 예술마을이면 좋겠다 싶었지

우리의 전공은 음악이다. 작곡, 작사, 편곡, 믹싱, 마스터링까지, 한 앨범을 내기 위한 모든 과정을 자급자족하고 있다. 종종 완성도에 있어서 만족이 안 되기도 하고, 여러 부분에서 부족함이 나타나기도 하지만 음악적 자급자족은 우리의 기회이자 행복이다. 지금 우리는 기회가 넘치는 세상에 살고 있기 때문에 스스로를 브랜드화시킬 수 있는 방법과 기회가 많이 있다. 그래서 남편과 나는 기회를 잘 잡아 스스로를 브랜드화 시킬 수 있는 사람이 되려 노력하고 있다. 완벽하진 못해도(완벽해지고 싶다.) 우리가 다 할 줄 알아야 아쉬운 입장이 되지 않으며 돈을 주고 부탁하는 상황이 오더라도 아는 만큼 요구도, 반박도 할 수 있기 때문에 우린 음악적 자급자족을 선호하는 편이다.

나 같은 경우는 대중음악 작곡이 메인이고, 남편은 보컬이 메인이다. 우선 내 전공으로 얘기해본다면, 작곡을 할 때, 피아노 코드만 먼저 다 잡아 놓고 나서 멜로디 라인을 만들고, 가사를 쓰면서 조금씩 멜로디를 수정해가는 작업을 하고 있다. 그다음이 편곡, 믹싱, 마스터링이다. 이 과정에서 가사를 쓸 때는 꼭 카페에서 써야 잘 써지는 카페의 묘한 기운에 빠져 있었다. 그렇게 카페라는 공간에 중독되어 있었고, 언젠가는 카페를 차려 질릴 만큼 커피도 마시고, 사장님 눈치 안 보고 죽치고 앉아 가사를 쓰고 음악을 해야겠다는 행복한 꿈을 가진 적이 있었다. 이러한 꿈만 간직한 채 캐나다로 떠났던 내가, COVID19로 인해 호주로 가는 비행기를 타지도 못하고, 비자는 비자대로, 돈은 돈대로 뿌리며 한국으로 돌아가야 하는 상황에 놓였고, 남편과 나는 이왕 한국으로 돌아가는 거 경험이 제일 많은 카페를 운영해보자는 행복한 꿈을 꾸며 캐나다 생활을 접고 한국으로 날아와서 정말로 헤이리마을에 카페를 차리게 되었다.

하지만 처음 해보는 사업이다 보니, 여러 가지 시행착오를 겪을 수밖에 없었다. 잘못된 부동산 계약서, 건물주와의 마찰, 오픈한 지 3개월 만에 자아도취 가득한 예술인들을 만나 몸 고생 맘 고생 다 하며, 어떻게든 살아보려 가게 이전을 하게 되었다. 사실 첫 사업이라 상가 계약이라는 걸 하는 데 별다른 경험도 없고 얄팍한 지식과 젊다는 패기 하나로 하나하나 똑똑하게 확인하지 못한 우리의 잘못도 있었다. 그렇게 아등바등 거리며 문제들을 해결해나가고 있을 때, 손해는 봤지만 헤이리의 감사한 어른들의 도움으로 그 상황에서 빠져나올 수 있었고 새로운 자리를 다시 알아보기 시작했다. 우리는 같은 실수를 반복하지 않기 위해 아주 깐깐하게 알아보았다. 누수, 고장

난 시설물, 전기가 건물주의 집과 물려 있어 건물주의 공과금까지 다 내야 하는 어처구니없는 상황 발생 가능성 또는 건물주의 무단 침입 가능성, 건물주가 위에 거주하는지, 건축물대장물과 지적도 등 꼼꼼히 확인을 하고 아프지만 약이 된, 굳이 겪고 싶지 않았지만 피가 되고 살이 된 경험을 통해, 그리고 헤이리 어른들의 도움을 통해 안전히 가게 이전을 할 수 있었다.(여전히 감사하다.) 그런데 하필 옮긴 곳에서도 신고식인지 액땜인지, 단 한 명의 역대급 또라이 사기꾼을 만나 금전적 피해를 보게 되었지만 사기당한 거 빼곤 모든 게 좋았다. 무튼 우리는 역대급 자칭 예술 또라이를 거친 후 미개했던 사람 보는 눈높이가 달라졌다. 여전히 돌려받지 못하고 있는 우리의 소중한 돈이 눈앞에서 알랑거리지만, 용서해보려 노력 중이다. 용서도 힘이 있는 놈만 할 수 있다는데, 우리는 힘이 있어서가 아니라 힘이 다 빠졌다. 화가 나서 바들바들 떨며 건강과 시간을 낭비한 것도 이만하면 됐다. 이젠 정말 사랑하는 가족들을 지켜야 한다. 지나간 건 지나갔고, 진실하다면 이길 것이다. 모든 건 돌고 돌아 준 대로 돌려받을 것이다. 헤이리 예술마을에서 장사도 하며 예술하려고 왔는데 돈을 벌고 예술을 하기는커녕 사기만 당하고 돌아다녔으니, 바보짓은 할 만큼 한 것 같다. 거짓말의 향연 속에서 우리는 진실의 힘을 믿고 기다리면서 우리 음악하자며 다독여본다. 용서는 하되 절대 잊지는 않을 것이다.

여기서 잠깐, 예술이란 무엇인가, 나의 것만 예술이라 고집부리지 않고 남의 것도 예술적인 눈으로 바라볼 줄 아는 사람, 또는 시대의 변화와 세대 차이로 인해 발생되는 갭과 다양성, 그리고 다름도 나름 인정할 줄 아는 그런 사람이 예술의 자유로움을 아는 진정한 자유로운 예술인이지 않을까 싶었지만, 내가 헤이리 예술마을에 와서 보고 느낀 예술은 서로에 대한 적대감 뿐이었다. 남의 것을 배척하거나, 자신의 예술만 진정한 예술이며, 음악은 클래식만 예술이고 대중음악은 딴따라 집시일 뿐이라 여기는 고집스러운 꼰대 예술가들뿐이었다. 그리고 길바닥에 널려 치이는 자칭 "내가 제일 잘나가"라며 셀프 칭찬을 하고 다니며 겉만 잘 포장해 사람들을 속이고 다니는 무식한 놈들은 볼 것도 없이 사기꾼이라는 명확한 사실을 배웠고, 이 역시 헤이리에 왔기에 배운 인생이었다. 여러모로 우리는 헤이리와 신께 감사하다.

1년 반 동안 큰일을 두 번이나 치르고 난 후, 카페 운영에 집중하며 손님이 없는 시간을 이용해 자기 계발의 시간을 갖고 있다. 남에게 우리의 시간을 내어주며 끌려다니는 짓은 청산했고, 우리가 원했던 삶을 만들고, 우리가 원하는 대로 시간을 쓰며 지내고 있다. 그리고 멋진 분들을 만나 소통하며, 그들의 삶을 조금씩 보고 배워나가고 있다. 이제라도 우리가 헤이리 예술마을을 선택한 목적과 이유를 야

무지개 찾아가보려 한다. 세상은 아직 따뜻하고 선한 영향력을 지닌 사람이 많다. 그분들은 숨은 보석과 같아 쉽게 만날 수는 없다. 하지만 우리는 운 좋게도 현재 우리 곁에 보석처럼 빛나며 훌륭한 예술가이기도 하지만 그전에 인간적으로도 훌륭하신 분들을 만날 수 있었다. 나와 남편은 헤이리 마을에 오지 않았다면 절대로 만날 수 없었던 지금의 멋진 사람들과 카페 빅핸드를 좋아해주고 우리를 진심으로 대해주며 아껴주시는 멋진 예술가분들처럼, 그들이 우리에게 베푼 선한 영향력을 우리도 예전의 우리처럼 힘들어하고 있을 누군가에게 베풀며 살아갈 수 있는 사람이 될 수 있길 다시 한번 다짐해본다. 이제야 예술마을에 왔다는 게 느껴지고, 이왕이면 예술마을이면 좋겠다 싶었던 그 마음 그대로 헤이리에서 즐겁게 음악하며 지내볼 것이다.

6
정병규

헤이리 동화나라 대표
전국동네책방네트워크 회장
한국도서관친구들 대표

6

헤이리 2002~2022

헤이리마을에 오는 방문객들 중에는 이 마을이 지방자치단체에서 조성한 것으로 여기는 분들이 많았다. 그렇기에 물건을 구매할 때도 문제가 생기면 시청 민원 홈페이지에 접수해서 처리를 기다리는 일이 생겼다. 실제로 많은 사람들은 개인들이 모여 인위적으로 이렇게 큰 마을을 만들었다고 상상을 못 했다. 도시의 재개발 지역이나 우리나라의 크고 작은 신도시 지역에서 아파트 단지 등은 조합이 만들어지고 건설사가 시공함으로써 한 단위의 주거 공동체가 완성된다.

그런데 헤이리마을은 주거 목적의 단지 조성이 아닌 예술 문화를 만들어가고 많은 사람들과 함께 이를 즐기는 곳으로 계획했다. 처음. 책방마을을 만든다고 했을 때 영국 웨일즈의 헌책방마을을 떠올렸다. 마을 전체가 1,500여 명의 주민이 사는 곳에 40여 개의 헌책방이 있는 헤이온와이는 이미 전 세계 책 애서가들의 관광명소가 된 지 오래되었다. 이후 프랑스, 벨기에, 네덜란드 등에서 이를 본 뜬 책마을이 생기면서 헤이온와이는 계속 책을 사랑하는 사람들의 이목을 끌게 되었다.

시작은 그러했다. 기대와는 전혀 다르게 되었지만 외국의 책과 함께하는 관광지처럼 특별한 마을이 되기를 기원했다. 지도상으로 강 건너가 바로 북한인 이곳. 휴전선에서 불과 2~3km 정도밖에 떨어져 있지 않은 한강과 임진강 하구에 자리잡은 헤이리마을은 파주시 탄현면 금산리의 옛 농요의 후렴구에 있는 '헤이리'만을 따와 이름을 헤이리마을로 정했다. 우리나라 현대사에서 가장 긴장된 곳이었던 여기가 처음엔 낯설었다. 차츰 시간이 흐르면서 오랜 세월 비어 있는 땅은 비어 있는 대로 좋았고 자연에 많이 거스르지 않게 만들어진 건축물들도 그런대로 보기 좋았다. 한 곳 한 곳 터를 잡고 살기 시작한 사람들은 저마다 꿈이 있었다.

그러나 꿈은 모두 달랐다. 누군가는 박물관을 또 누군가는 갤러리, 공연장, 뮤직홀, 화가의 작업실, 그중에 우리 같은 이는 '책방'을 꿈꾸며 자리를 잡았다. 그때 2002년 건물 공사 후 2003년 살기 시작할 무렵 10여 채의 건물만 군데군데 있었을 뿐이다. 지금까지 20여 년 살고 있는 우리는 여기에서 두 번째의 청춘을 보내며 살았다. 그러는 중에 마을에서는 사람들이 힘을 모아 국내와 해외 작가들을 초대하거나 작품들을 마을 곳곳의 갤러리에 전시하거나 야외에 설치했다. 갈대 광장과 커뮤니티홀에서는 공연이 이어져 거의 빠짐없이 마을 주민들이 참여하였다. 왜냐하면 주민들 한 사람 한 사람도 모두 서로 다른 분야에서 일을 해왔기 때문이다. 악기, 책, 회화, 대중음악, 영화, 그림책, 장신구, 은공예, 건축, 고전음악, 문학, 광물, 음향, 연

극, 갤러리, 화폐, 조각, 도예, 사진 등 나열하기도 너무 긴 수많은 전문 분야의 개인들이 살고 있기 때문에 모두 모이게 되면 화제도 다양했지만 하나의 주제와 공통된 공연 등으로 이야기 나누는 일이 서로 좋았다.

이렇게 시간이 훌쩍 지난 줄 모르고 지냈다. 그러는 사이 어느덧 빈 땅에 건물들이 하나하나 들어서기 시작했고 처음 불을 밝혔던 곳들은 거의 보이지 않을 만큼 꽉 차 보였다. 네 곳이던 책방은 두 곳으로 줄었고, 꾸준히 작품전을 열어가며 마을의 정체성을 유지하는 데 큰 몫을 하던 갤러리들도 몇 곳을 남긴 채 운영이 중지되었다. 대신 그 자리를 카페와 빵집, 의류 등의 사업장들이 서서히 채워나가기 시작했다.

이렇게 변하는 이유는 두 가지다. 하나는 처음 공간을 열었던 다수의 사람들이 공연, 회화, 문학, 갤러리 등의 분야에서 종사하지 않다가 마을 입주와 함께 문을 열고 운영해왔다. 시간이 흐르면서 공간 유지에 들어가는 여러 비용은 그대로지만 무료이거나 소액의 입장료만으로 감당하기 어려워지는 것이다. 프로페셔널하지 않은 아마추어로서 의욕만 앞세워서는 가랑비에 옷 젖듯이 서서히 지쳐가고 다른 출구를 찾게 되는 것이다. 여기서 좋은 방법은 더 전문 분야의 사람들에게 이어지면 좋았겠지만 아쉽게도 선택은 그렇게 되지 않는다.

또 하나는 연령대의 고령화이다. 예술마을을 추구하던 당시 선구

자들은 젊었으나 지금은 거의 모두 70대 이상의 노년이 되어 더 이상 일을 활기차게 하기 힘들어진 탓도 있다. 우리나라에는 당연히 유례가 없었고 해외에서도 이런 복합 예술 문화를 표방하는 마을은 찾기 힘들었다. 결국 만드는 것보다 처음의 정체성과 철학을 지켜나가는 것이 얼마나 어려운 것인지 헤이리마을은 아주 많은 가르침을 던져주고 있는 사례에 속한다. 자신의 삶 중에서 많은 부분을 이 새로운 땅에서 시작하겠다는 열망은 매우 순수했다. 적지 않은 재산을 땅과 건물을 짓는 데 주저 없이 투자한 것은 미래에 대해 의심의 여지가 없었기 때문에 가능했다.

그런데 여기에 한 가지가 더 있어야 했다. 인간이 공동체 생활을 하는 데 절대적으로 필요한 겸양과 양보의 미덕, 그 외에 자신을 버리는 일이었다. 작은 소모임에서조차 의견이 갈리면 서로 헤어지게 되는 일이 흔하다. 300여 명이 넘는 마을 구성원들은 마을의 공식 비공식 회의를 통해 의결기구를 만들고 여기에서 주요한 사업과 안건을 통과시켜 크고 작은 일들을 벌이고 처리한다. 사람이 살고 있는 곳에서 당연히 일어나는 일이다. 여기에서 또 크고 작은 소동이 벌어질 수도 있다.

더 중요한 것은 다른 데 있다. 마을은 하나의 '작은 공화국'이라고 소설가 송기숙 선생이 얘기하면서 그중에 '병신도 하나다'라는 글을 쓴 바 있다. 잘난 사람, 못난 사람, 똑똑한 사람, 바보, 병신, 어린이,

젊은이, 늙은이가 어울려 살게 되는 곳이 마을인 것이다. 우리나라의 전통적인 자연마을이 그랬고 지구상 아직도 많은 곳이 이런 마을을 유지하고 있다. 사람 사이에 느끼는 따뜻함과 배려, 자연에 대한 경외감이 이들 자연 마을에서는 존재한다. 수천 년에서 수백 년 사이에 모여 살기 시작한 마을들과 사람들, 그 안에서 자연스럽게 문화가 존재하고 나쁜 것은 걸러지거나 없어지고 결국 오랜 시간을 거쳐 마을의 특성이 만들어지는 과정이 지금까지의 우리 삶이었다.

인위적으로 만들어진 대단위 공동 주거 단지나 신도시에서는 이제 그 마을을 되찾을 수 없다. 결국 헤이리마을에서 미래를 찾는 일은 아주 '오래된 마을'에서 가져올 것이 많다. 이 마을에서는 지위와 명예, 재산의 많고 적음, 전문적인 식견, 남다른 생활의 취향을 뒤로 한 채 나무 한 그루, 풀 한 포기, 사람들이 버린 것들에 대하여 키우고 가꾸고, 치우고, 살아가고 늙어가는 것에 대한 지혜로움을 옮겨주는 것이면 좋다.

이런 마을에 찾아오는 사람들은 고단한 일상을 잠시 피하려 왔다가 숨어 있는 자신의 미래를 발견할 수 있을지 모른다.

나의 세대는 다 지났다. 좀더 공손하게, 머리는 앞을 바라보지만 허리를 굽히며, 사람을 맞으며 이 마을을 걸을 수 있을 때까지 걷다가 간다.

7
조형미

약 100여 가지 상품을 파는 플리마켓을 운영 중이다.
새벽에 동대문에서 옷을 떼어서 헤이리에서 판다.
없는 거 빼고 다 있는 만물상을 운영하다 보니
세상살이 이치를 깨달아 가는 중이다.
헤이리에서 플리를 하고 싶으시면 연락 주시면 된다.

7

운석을 판다고요?

날씨 예보를 보는데 구글과 네이버가 다르다. 나는 어김없이 서너 가지의 날씨 앱을 찾아보며 그나마 헤이리에 비가 적게 온다는 앱의 예측을 보고서야 마음의 위로를 받는다. 나는 날씨의 노예가 되어 그가 허락해주는 날에 따라 매출이 결정되는 플리마켓 운영자다. 헤이리는 날씨에 따라 사람들의 이동이 밀물과 썰물처럼 대비되는 장소다. 온도와 습도가 도와주는 봄가을은 작은 골목조차 사람들의 소리로 가득 찬다. 물론 헤이리의 카페, 갤러리, 상점 등 이곳에서 장사하는 주인장의 웃음소리도 덩달아 높아지게 된다. 그러나 둘 중의 하나라도 하늘이 허락하지 않으면 이 넓은 곳이 숨바꼭질 장소처럼 침묵만이 감돈다. 플리마켓은 야외에서 운영하는 것이 대부분이기 때문에 특히 비와는 원수지간이다. 그래서 나는 어쩔 수 없이 날씨에 웃고 우는 신세가 되었다.

헤이리에는 여러 곳에서 플리마켓이 주말마다 열린다. 그래서 헤이리 지도를 따라 발길을 걷다 보면 심심치 않게 플리마켓을 만날 수 있다. 각각의 마켓의 규모나 판매 상품이 달라서 그냥 지나치기는 쉽지 않다. 조명을 한몸에 받고 선택을 기다리는 귀걸이, 내 옷장에만 없는 것 같은 유행하는 원피스, 차의 묵은 냄새를 지워줄 것 같은 디퓨저, 바람 소리에 춤추는 드림캐처 등등 오감을 유혹하는 제품들이 선택을 기다리고 있다. 플리마켓의 주 고객층은 여성이다. 그렇기에 제일 인기가 많고 잘나가는 품목은 액세서리와 의류다.

여성의 기본욕구가 충족이 된 다음에서야 아이를 위한 코바늘 인형도 남성용 가죽 지갑도 비로소 보이게 된다. 그녀들의 마음을 훔칠 제품들이 여기저기 도사리고 있으니 방심하면 어느새 두 손 가득 쇼핑백을 들고 있게 될 것이다.

마켓을 운영하다 보면 대한민국 최고의 금손들도 도통 정체를 알 수 없는 제품도 만나게 된다. 도안도 보지 않고 심지어 앞사람과 이야기하며 작은 코바늘로 가방을 찍어내듯 만들어 내는 뜨개 달인도, 1센티 폭의 작은 가죽 팔찌에 빼곡히 훈민정음을 새겨 넣어 숨이 막힐 듯한 정교함을 주는 달인도 있다.

그중에서 내가 제일 쇼킹했던 것은 운석을 파는 셀러였다. 마켓 참가 신청을 받을 때 셀러에게 판매 제품과 진열된 사진을 첨부해서 받는다. 이는 고객에게 판매가 가능한 제품인지 확인하고 마켓의 기존 판매자의 제품과 겹치지 않는 제품인지 구별하기 위해서다.

평상시처럼 마켓 참여 연락이 왔고 판매 품목을 액세서리라고 했다. 사진도 첨부해서 봤는데 작은 보석들이 놓여 있고 간혹 그것을 단 목걸이나 귀걸이가 한쪽에 있었다. 보내준 사진을 보니 초보 셀러 같았다. 판매할 제품이 많지 않아 보여서 그에게 전화를 걸었다. 이것이 판매할 제품 모두를 정리해 놓은 걸까요? 제품의 수가 너무 적어 매출이 안 나올까 걱정돼서 연락을 드렸다고 했다. 초보 셀러라고 생각해서 제품 진열에 관한 이야기도 하려고 하는데 이런 통화가 익숙한 듯 바로 대답하셨다. 귀한 운석이며 오랫동안 판매해오셨다고. 그러니 걱정하지 말고 참여를 원한다고 말이다.

마켓 날이 되고 나는 걱정스러운 마음에 가장 매출이 잘 되는 명당자리를 운석 셀러에게 배치하였다. 다른 셀러들은 일찍 오셔서 준비하는데 운석 셀러는 마켓 시작이 다 되도록 오지를 않았다. 15분 정도 남았을 때쯤 흰색의 모시옷을 입은 젊은 여성분이 작은 가방을 들고 오셨다. 보통 셀러들은 캐리어와 박스들을 차에 가득 싣고 오기에 나는 당연히 손님인 줄 알았다. 그분은 나에게 오늘 참가하기로 한 운석 셀러이며 본인의 자리를 물어보시고는 자연스럽게 물건을 진열하기 시작했다. 그러고 나서 그분을 보니 머리는 앞가르마로 정갈히 묶여 있고 의상 또한 범상치가 않았다. 다른 셀러들도 힐끗힐끗 그분을 보는 눈치였다. 마켓이 시작되고 운석 셀러분의 제품을 구경하러

다른 셀러들과 갔다. 나는 표시된 제품의 가격을 보고 깜짝 놀랐다. 새끼손톱 반 정도의 크기의 돌부터 엄지손톱만 한 크기의 것들이 있었는데 가격대가 십만 원부터 몇십만 원이 되는 제품도 있었다. 운석에는 문외한이라 잘 모르지만, 이 정도의 가격이 가치가 있는 제품일까? 이게 단 한 개라도 판매가 될까? 사람들이 돌을 살까? 우리 잔디 바닥에 있는 돌과 뭐가 다르지, 하고 생각하는데 셀러께서 차분하게 한 개 한 개의 운석의 이름을 부르며 설명해주었다. 우주에서 온 아주 귀한 것이며 행운도 준다고 했다.

굉장히 구체적인 설명, 온화한 표정, 믿음직한 목소리, 예를 다한 듯한 복장, 오차를 허용하지 않는 5:5 앞가르마, 이것 때문인지 몰라도 나는 어느새 운석에 빠져들어 사야만 할 것 같은 강한 소유욕이 들었다.

마켓은 시작되고 사람들이 모이기 시작했다. 나의 염려가 무색할 정도로 운석 테이블에는 사람들이 모이기 시작했고 운석이 그날 최고의 판매 제품이 되었다. 나는 우리나라 사람들이 운석에 그렇게 관심이 많은 줄 몰랐다. 정말 운석이 필요했을까? 아니면 운석 셀러만의 마법의 판매 기술이 있는 걸까? 다른 셀러가 테이블 교환 요청으로 부르지 않았다면 아마 나도 운석을 지닌 사람이 되었을 것이다.

빠른 비트의 노래가 나오고 이색적인 물건들이 시선을 사로잡는다. 플리마켓을 구경하는 사람들의 표정이 상기되어 있다. 호기심이 가득찬 눈빛으로 구경하는 사람을 보고 있으면 덩달아 기분이 들뜨고는 한다. 실반지를 나눠 껴보는 연인을 보며 괜스레 입꼬리가 올라간다. 할머니의 가방을 들어주며 천천히 구경하라는 할아버지의 자상함에 눈을 떼지 못한다.

헤이리는 이곳만의 고유하고 독특한 분위기가 있다. 갤러리에서 작품을 감상하고 SNS에 올릴 만한 카페에서 커피를 마시며 사진으로 남긴다. 예술성과 상업성이 적절히 공존하여 사람의 내적 외적 여유를 충족시켜주는 곳이다. 작가가 커피를 내려주고 화가가 빵을 구워 준다. 지도를 챙기지 않으면 다채로운 건물의 모습과 볼거리에 빠져 길을 잃을 수도 있다. 어디 갈까 생각이 드는 날 뻥 뚫린 자유로를 타고 헤이리로 오는 것은 어떨까?

8
송효섭

평생 한국문학, 신화학, 기호학 연구자로 살았다.
몇 년 전 서강대학교 교수직을 퇴직하고
헤이리마을에서 화가로서 새로운 삶을 살고 있다.
〈인문학, 기호학을 말하다〉를 비롯하여 열권의 저서를 냈으며,
2021년 헤이리 갤러리 움에서
〈문자의 기억〉이라는 제목의 개인전을 연 바 있다.

8

마을이 사람을 만들었다

지금부터 20년 전쯤 나는 신도시 아파트에서 삭막하고 지루한 삶을 살고 있었다. 아내와 자동차를 몰고 여기저기 다니곤 했는데 어느 날 우연히 파주 통일동산에 들르게 되었다. 거기에는 단독주택 택지가 조성되어 있었다. 어릴 적 살았던 단독주택의 삶으로 되돌아갈 꿈을 여기서 실현시킬 수 있을 것 같았다.

부동산에 알아보고 계약도 하려 할 즈음 반전이 일어났다. 일간신문 전면광고로 헤이리 예술마을 회원 모집 소식을 알게 된 것이다. 바로 여기다 싶어 신청했으며 집을 짓고 입주하는 과정이 순탄하게 진행되었다. 드디어 헤이리마을 주민이 된 것이다.

헤이리는 예술마을이라는 이름에서 알 수 있듯이 좀 특수한 마을이다. 처음 마을을 기획한 몇몇 분들이 꿈꾼 헤이리가 무엇인지는 헤이리마을에 입주하기 위해 거쳐야 하는 까다로운 조건들을 보면 알 수 있다.

이 세상에 어떤 마을을 가든 또 그 마을에 어떤 집을 짓든 내 마음대로 할 수 있는 곳은 없다. 어디엔가 거주하는 일은 다른 사람들의 공간과 연계될 수밖에 없으며 그 관계는 전체적인 조화를 전제한다.

헤이리는 예술이라는 같은 취향을 공유하는 사람들이 모여 창작활동이나 상업활동을 함께 하는 곳이다. 이러한 헤이리의 특수성은 거주 공간의 조절에서 가장 두드러지게 나타난다.

헤이리는 예술마을이지만 또한 건축마을이라 할 수 있을 만큼 헤이리의 건축 규정은 까다롭다. 앞서 말한 초창기 헤이리를 설계한 분들은 실용적인 모더니즘 건축으로 시각적으로 일관된 아름다움을 추구한 것으로 보인다. 그래서 이 마을엔 지붕도 담도 없다. 각기 자기 나름의 집에 대한 생각을 갖고 있더라도 헤이리마을에 거주하는 이상 이러한 건축적 규제를 받아들일 각오를 해야 한다. 나 역시 이런 건축의 규제를 당연한 것으로 생각했고 또 충실히 따르려 노력했다. 말로만 듣던 대한민국 최고의 건축가에게 집 설계를 의뢰할 수 있었던 것은 헤이리마을이 내게 준 행운이다. 나는 소원하던 단독주택 그것도 동선이 길어 불편할 수도 있는 집을 지었으며 그 집에서 18년째 살고 있다.

언제나 나의 꿈은 낡고 묵은 집에서 사는 것이었는데, 그 꿈은 시간만이 해결해준다. 18년이 지나며 우리 집은 낡고 묵은 집이 되었는데 신기한 것은 그러면서 집의 사소한 디테일을 하나하나 깨달아 가고 있다는 점이다. 그것은 실용적인 면과 미학적인 면 모두에 해당하는데 한마디로 낡은 집에 살수록 정신적으로나 신체적으로나 더욱 편안해져 간다는 것이다. 그것만 해도 아파트를 버리고 이곳에 들어온 보람이 충분하다.

윈스턴 처칠이 "집이 사람을 만든다"고 했던가? 나는 이 집에 살면서 글도 쓰고 책도 쓰는 등 이런저런 생산적인 일을 했는데, 많은 부분 이 집에 빚지고 있다고 믿는다. 어디서든 그런 일을 할 수 있었겠지만 맘에 들지 않은 공간에서 정신적인 고통을 받고 살았다면 과연 그만한 일을 할 수 있었을까.

그러나 헤이리에서 살면서 생겨난 내 삶의 변화가 단지 집에서만 비롯된 것은 아니다. 처칠의 말을 살짝 변형시켜 집이 사람을 만들듯 마을이 사람을 만든다고 한다면 이 명제는 헤이리에서의 삶에서 더욱 적실하게 적용된다. 이 마을에 살면서 나는 많은 변화를 겪었는데 그것은 바로 이 마을에서 맺은 이런저런 인연들에서 비롯된다. 예술마을이라는 기치 하에 모여든 주민들 간에 이런저런 연대가 생기면서 그것이 내게도 큰 영향을 미치게 된 것이다.

처음 마을에 입주하자마자 마을 이웃들이 이것저것 참견하기 시작했다. 그런데 그 참견은 내가 모르는 삶을 일깨우는 고마운 것이었다. 가장 대표적인 것이 정원이다.

집까지는 생각했지만 집에 딸린 정원을 꾸밀 생각을 하지 못했던 내게 여러 이웃이 왜 정원을 꾸미지 않느냐고 지청구를 했다. 정원을 디자인하는 법을 조언하는가 하면 집에 심었던 꽃이나 나무들을 가져다 심어주기도 했다. 무거운 바위들을 마당에 놓아주는 수고는 또

어떻고! 이웃들의 고마운 오지랖 덕분에 나는 정원이라는 것을 꾸미고 지금은 내 여생의 가장 즐거운 낙을 여기서 찾는다. 헤이리는 담이 없기 때문에 누구든 드나들 수 있으니 외부공간도 마을 전체의 조화와 아름다움을 위해 최소한 공간적이고 조형적으로 배려해야 하는데, 처음에 나는 거기까지 생각이 미치지 못했던 것이다.

정원을 가꾸는 것은 이런 미적인 측면도 있지만, 땅을 방치함으로써 생기는 해충과 해초들의 번식을 막는다는 점에서 실용적으로도 꼭 필요한 일이다. 마을 곳곳에서 자라는 돼지풀이나 단풍돼지풀 때문에 나는 가을이면 심한 알레르기에 시달린다.

평생 논문을 쓰면서 살았지만, 내 마음 한구석에는 예술에 대한 동경과 열정이 숨어 있었다. 예술을 감상하거나 예술작품을 사 모으는 소극적인 예술 애호만으로는 나의 불타는 표현 욕구를 충족시킬 수 없었다. 그림 그리기를 시작한 것 역시 이 마을이 내게 준 선물이다.

안식년을 맞아 시간적 여유가 조금 생겼을 때 그림을 본격적으로 그려보기로 했다. 이 마을에는 훌륭한 그림 선생님이 많았다. 직접 그림을 가르쳐 주신 분, 만날 때마다 그림을 그리라고 격려하시는 분, 서툰 그림을 전시회에 출품하도록 주선하신 분, 심지어 그림을 사주시는 분들까지 생겼다.

어릴 적부터 여기저기 낙서하는 것을 취미 삼았는데 대개 그것이 그림들이었다. 화가가 되지 못한 것은 아마도 고등학교 1학년 시절미술반이 아닌 문예반에 들어갔기 때문일 것이다. 그 이후 나는 시인을 꿈꾸는 문학청년이 되었고 그 꿈은 좌절되었지만 나는 평생을 문학을 곁에 끼고 사는 문학연구자가 되었다. 다시 그림을 그리게 된 것은 문학연구자가 갖는 표현의 한계를 절감했기 때문이다. 나는 보다 나를 더 깊이 직접적으로 표현하는 매체를 욕망했으며, 그것이 바로 그림이었다.

재작년 나는 드디어 평생직장에서 퇴직하여 더욱 많은 시간적 여유를 갖게 되었다. 그림을 본격적으로 그릴 계기를 맞은 것이다. 그림 역시 다른 예술과 마찬가지로 내 삶의 경험에서 우러나오는 것이다. 평생 문학을 공부했으니, 내가 그림을 그린들 그로부터 벗어나기는 힘들 것이다. 퇴직한 뒤 나는 읽고 싶은 책을 마음대로 읽을 수 있게 되었다. 문학을 전공했지만, 주로 이론을 탐구했던 나는 정작 문학작품을 읽는 데는 소홀했다. 시간이 많으니 문학 작품을 읽는 일이 나의 주된 일과가 되었다.

현직에 있을 때 문학작품을 읽는 일은 곧 그에 대한 논문을 쓰는 일과 직결되었다. 그러나 지금은 그럴 필요가 없으니 나는 또 다른 방식으로 나를 표현할 방법을 찾게 되었다. 그러다 문득 어릴 적, 그러니까 시인을 꿈꾸기 이전에 뭔가를 그림으로써 표현 욕구를 충족했던 그 원초적 경험이 떠올랐다. 나는 요즘 읽는 책마다 낙서를 하는 재미로 산다. 낙서는 주로 읽은 책에 하는데, 작가의 초상을 그리거나 작품과 관련된 이미지를 드로잉하는 것이다. 일상의 소소한 예술적 욕구가 이런 방식으로 충족됨으로써 느끼는 행복은 그 무엇과도 바꿀 수 없는 것이다.

작년 초 드디어 나는 꿈꾸던 개인전을 열었다. 역시 헤이리마을을 사랑하는 분이 연 갤러리에서 그간의 작품들을 선보인 것이다. 작가의 초상 말고는, 한자를 조형화한 문자 드로잉을 SNS에 올리곤 했는데 그것이 200점이 넘었다. 그중에서 몇십 점을 추려 전시를 했다. 아울러 좀더 본격적으로 문학적 주제를 담은 회화들을 선보였는데, 이들은 모두 처용가나 백석, 윤동주, 기형도, 프레드리히 니체, 에즈라 파운드, 폴 엘뤼아르 등과 같은 작가들의 작품에서 그 발상을 따온 것이다. 글을 조형으로 전환시키는 작업을 통해 매체의 변형이 촉발하는 예술적 효과를 실험해본 것이다. 전시를 마치고 괴테의 〈파우스트〉나 이탈로 칼비노의 〈보이지 않는 도시들〉에 대한 연작 작업을 했다. 언젠가 전시를 열어 선보일 계획이다.

마을이 인간을 만든다는 말은 20년 가까이 이 마을에 살면서 스스로를 변화시킨 나에게 적실하게 해당되는 말이다. 이 마을에 들어와 지은 집에 시간의 흐름을 새겼다. 거기에는 이 집에서의 추억이 오롯이 담겨 있다. 유아기부터 이 집을 자주 드나들던 손주는 이 집을 세상에서 가장 좋은 집이라 믿으며, 내게 절대 집을 팔지 말라고 신신당부한다. 이제 겨우 초등학교 2학년짜리가.

이 마을에서 나는 많은 좋은 친구들을 만났고 그 친구가 소개해준 또 다른 많은 친구들을 만났다. 이들은 모두 따뜻한 마음으로 내가 알지 못했던 삶의 여러 지혜를 알려준다. 이들과 예술에 대한 담론을 나누는 시간은 나에게 그 무엇보다도 소중하다. 앞으로도 진행될 이들과의 동행이 내 미래의 행복을 보장해준다. 늙음은 어찌할 수 없지만, 현재의 삶에서 의미를 찾는 일을 계속할 수 있다면, 그깟 늙음쯤은 얼마든지 보상받을 수 있다. 이 마을이 내게 준 확신이다.

이 마을이 생긴 지 20년. 그간 이 마을은 많이 변했다. 예술마을이라기보다는 관광마을, 카페마을이라 부르는 게 더 나을지 모르겠다. 피해갈 수 없는 일이다. 그러나 이 마을을 찾는 많은 분들이 한때 예술마을을 표방했던 이 마을에 남아 있는 예술의 향기를 조금이나마 맡을 수 있다면 그것 또한 좋은 일이다. 부디 그 향기가 오래 지속되기만을 바랄 뿐이다.

9
장민자

동행98 대표
도예 작가
(현) 김갑순요 연구원
(현) 양구박물관 작품 영구 보존
대동다관기법 전수자
동행98 갤러리 운영

2013년 한중일 국제 교류전
2013년 '흙이 좋아요' 전 (인사이트 센터)
2017년 제5회 대동다관전 (경인미술관)
2018년 제6회 대동다관전 (미상갤러리)
2019년 제7회 대동다관 일본전 (일본 소라노하꼬 갤러리)
2019년 대동다관전 (한국문화 정품관)
2021년 제6회 '흙이 좋아요' 전 (경인미술관)

9

아름다운 동행 –
사랑하는 가족과 흙과 함께한 나의 인생

어느덧 나의 시간은 하늘의 뜻도 안다는 지천명(知天明)을 가까이 하고 있었고 이즈음 나르시시즘 실현을 위해 번민의 시간을 가지며 또 다른 삶의 시간과 공간을 준비하고 있었다. 이때 헤이리마을은 내게 동행이 되어주었다. 이곳은 파주 지역에서 전해오는 전래 농요인 '헤이리 소리'에서 이름을 따왔다. 한가로운 갈대 늪지, 여러 개의 작은 다리들과 아름다운 숲, 독특한 건축물들이 어우러진, 자연과 함께하는 마을이다. 이와 더불어 음악가, 작가, 건축가 등 수백 명의 예술인들이 작업실, 미술관, 박물관, 갤러리, 공연장 등과 함께 삶의 터전으로 삼고 있다. 다양한 예술과 자연이 한 공간에서 숨 쉬는 이 마을은 나의 마음의 쉼터가 되었다. 나는 이제 인생의 2막을 위해 삶의 터전도 이곳으로 옮겼다. 자연의 향기와 소리 속에 나의 흙과 지난 삶을 모두 풀어놓았다.

헤이리에 있는 자연과 사람, 내가 가진 모든 것들을 함께 하고 싶다는 바람을 담은 동행 98(同行 98)을 열었다. 이 공간은 차와 음악, 고즈넉

한 분위기의 카페와 나의 10여 년의 세월의 작품들을 담은 작업실을 겸한 공방이다. 공방에 앉아 뒤뜰을 보고 있으면 작은 연못의 물 흐르는 소리, 지저귀는 새소리, 자연의 바람 소리와 숲의 내음은 나에게 소소한 행복을 준다. 흙 작업 또한 풍요롭게 해준다. 흙을 만질 때는 오롯이 작업에만 집중할 수 있어 잡념이 사라진다. 이런 한낮의 호사스러운 평화로움 속에 옛날의 힘들었던 기억들이 주마등처럼 스쳐 지나간다. 흙과 도자기는 세 딸의 사춘기, 나의 갱년기 등 힘겹고 어려웠던 많은 시간을 이겨내는 데 커다란 힘과 용기를 주었다. 힘들었던 시간이었지만, 흙과 함께였기에 지난 힘든 시간도 버틸 수 있었다.

내 인생의 일부분이 되어버린 흙은 언제나 같은 모습과 향기로 사랑을 주는 만큼 받고 돌려주고 있었다. 흙이 가르쳐준 교훈을 왜 이제서야 알게 되었을까? 나의 남은 삶도 그렇게 흙과 같은 모습이고 싶다. 흙과 함께 늘 곁을 지켜주고 힘이 되어준 또 한 사람, 인생의 동반자인 그에게 고마움과 무한한 사랑을 느낀다. 삶의 아주 많은 부분을 함께 시작한 사람이다. 카페 동행 98을 작명한 그 사람이 말한 98의 의미이기도 하다.

나는 뒤뜰의 불멍 화로대에서 참나무 타는 내음새와 분위기를 좋아한다. 이곳 헤이리에 와서 느낄 수 있는 또 하나의 작은 행복이다. 남은 삶의 주어진 시간 동안 희나리를 태우는 것처럼 탁탁 튀는 소리도 낼 것이다. 시련과 고난도 있을 것이다. 인생은 늘 그러했다. 얻어 가는 게 있으면 잃어버리는 게 있고 내려가는 길이 있으면 오르는 길이 나왔다. 여기 삶 또한 분명 그럴 것이다. 그래도 나는 내가 사랑하는 것들을 소중히 간직하며 지키고 가꾸어 갈 것이다. 또한 헤이리와 동행할 것이다. 날도 저물고 비는 시나브로 내려도 헤이리와 함께한 나의 시간들은 조금씩 조금씩 아름다워지고 있다.

10
유상현

조용히 살고 싶어 헤이리마을에 들어왔다.
헤이리에 살면서 8권의 여행책을 쓰고
가끔씩 강연하며 조용히 살다가
코로나19 팬데믹에 무릎꿇고 '알바' 자리를 찾던 중
헤이리 사무국에 들어갔다.
지금은 헤이리 사무국장으로 몹시 시끄럽게 살고 있으며,
다시 조용히 여행 다니며 글 쓰는 날을 기다리는데
과연 그날이 올지 잘 모르겠다.
일단 손을 대면 끝을 봐야 하는 성격이라
이것도 운명이라 생각하며 영혼을 갈아 넣는 중이다.

– 저서 : 프렌즈 독일, 유피디의 독일의 발견, 베를린 홀리데이,
뮌헨 홀리데이, 루터의 길, 지금 비엔나, 부다페스트 홀리데이,
슬로베니아 홀리데이

– 감수 : 용선생이 간다 독일

10

모두의 낭만으로부터

헤이리 예술마을에 들어온 지 10년이 되었다. 누구보다 조용히 살고 싶었다. 살면서 사람에 치이고 치여 받은 상처가 깊어 조용한 곳에 은둔하고 싶은 마음이 컸다. 불행히도 이웃을 잘못 만난 죄로 조용히 살고 싶은 소박한 소망은 진작 깨졌으나, 세상과 거리를 두고 글을 쓰며 살았더랬다. '팬데믹'에 떠밀려 할 수 없이 동네 사무실에서 조촐한 '알바'를 시작했을 뿐인데 1년 만에 그 사무실의 '장'이 되었다. 조용히 살고 싶었으나 조용할 틈이 없는, 나는 헤이리 사무국장이다.

혹자는 묻는다.
"헤이리 사무국이 뭐 하는 곳인가요?"
건조하게 답하면 이렇다.
"여기는 헤이리 마을의 사무를 보는 곳입니다."
누군가는 다시 묻는다.
"관리사무소라는 뜻인가요?"

이 질문은 살짝 어렵다. 분명 우리는 관리사무소와 유사한 일을 하기는 한다. 하지만 관리비는 받지 않으니 관리사무소는 아니다. 혹자는 사무국에 마치 관리사무소 같은 역할을 기대하지만, 관리비를 내지 않으면서 관리사무소 역할을 기대하는 건 합리적이지 못하다. 우리는 사무를 보는 곳이되 마을의 유지를 위한 기초적인 관리를 보조하는 곳이라고 설명하는 게 적절하겠다.

어쩌면 이런 질문을 던질지도 모른다.

"대체 마을에서 사무 업무를 볼 일이 뭐가 있나요?"

일반적인 마을이라면 사무국은 필요 없다. 그런데 여기는 처음부터 수백 명의 예술인이 같은 뜻으로 힘을 모아 만든 마을이다. 동시에 수백 명이 모인 사단법인이자 비영리 문화 예술 단체이며, 이를 위한 최소한의 규정을 회원 합의로써 제정하였다. 그 규정이 지켜지도록 누군가는 운영을 담당해야 하고, 그 역할을 헤이리 사무국이 맡는다.

얼마나 대단한 마을이어서 사무국까지 두어야 할까? 여기에 등장하는 키워드가 '문화지구'다. 헤이리 예술마을은 나라에서 공인한 문화지구다. 문화지구란, 그 지역의 독특한 문화적 특성이 잘 보존되어 있고 이를 바탕으로 새로운 가치를 창출하는 우수성을 인정받은 지역을 뜻한다. 2002년 서울 인사동, 2004년 서울 대학로에 이어 2009년 헤이리 예술마을은 전국 세 번째 문화지구가 되었다. 오늘날까지도 경기도의 문화지구는 헤이리 예술마을이 유일하다.

인사동과 대학로의 우수성을 굳이 설명할 필요는 없을 터. 그렇다면 헤이리 예술마을의 매력은 뭘까? 이 남다른 히스토리를 설명하려면 책 한 권이 필요하니 여기서는 단편적인 스토리 하나만 소개한다.

IMF 외환위기 직후, 모두가 어려웠던 그 시절, 아무것도 없고 아무도 살지 않던 파주 접경지대에 마을을 만들었다. 정부나 기관의 도움 없이 수백 명 예술인이 돈을 모아 15만 평 부지를 매입해 단지를 설계하고, 도로도 직접 깔고, 황량한 허허벌판에 전기 · 수도 · 가스도 직접 끌어왔다. 토지 매입 및 마을의 기반시설과 조경에 들어간 초기 자금이 685억 원에 이른다. 서울 강남 8학군 40평 아파트를 7~8억에 매매하던 시절의 일이니 지금 가치로 환산하면 어림잡아 3천억 원 규모는 될 것 같다. 지금 수천억을 들여 허허벌판에 마을을 만들자고 하면 십중팔구 미쳤다는 소리를 듣지 않을까? 그 미친 짓에 수백 명의 예술인이 동참했다. 예술인 주머니 사정이야 뻔한 노릇이어서 가진 걸 다 털고 빚을 내서 들어온 사람도 꽤 있었다.

예술인 수백 명의 '미친 짓'으로 예술마을이 탄생했다. 365일 문화와 예술이 가득한 마을에 살면서 창작하고, 창작한 것을 전시하고 판매하며, 서로 교류하며 자극도 받고 후학도 양성하며, "하여튼 대한민국에 없는 문화마을을 우리 손으로 만들자"는 '집단적 낭만'이 거기에 있었다. 화가, 작가, 공예가, 건축가, 출판인, 음악가, 영화인, 배우, 디자이너 등이 동참했다. 박물관 등 문화예술 비즈니스를 추진하려는 사업가도 찾아왔다.

헤이리가 추구하는 바는 매우 명징하다. 예술인이 자신의 건물을 짓고, 거기에 살면서 예술의 창작부터 소비까지 한 공간에서 이루어지는 자신만의 세상을 만든다. 예술 활동만으로 생계유지가 힘들면 카페나 식당 등 상업활동도 영위할 수 있으되 그 비중은 엄격히 제한된다. 그렇게 예술인이 자신만의 세상을 만들고, 각각의 세상이 바로 이웃하여 연속해서 펼쳐진다. 내 건물 안에서의 독립성은 물론, 이웃 건물과의 연속성 및 연결성을 추구한다. 그렇다. 헤이리는 예술을 매개로 자신의 세상을 만들고 각각의 세상이 연결된 하나의 소우주다.

우주에는 질서와 법칙이 필요하다. 예술인들은 직접 규칙을 정했다. 조화롭게 어우러져 살기 위해서는 모두가 어우러지는 선에서 양보하고 배려할 수 있어야 한다. 예술마을의 정체성을 지키려면 문화가 훼손되지 않을 수준의 가이드 라인을 준수해야 한다. 모든 이해관계자가 선의로 동참하면 좋겠지만 세상이 그렇지는 않으니 이 마을에서 "반드시 해야 하는 것"과 "절대 해서는 안 되는 것"을 규칙으로 정하였다. "권장하는 것"과 "기피하는 것"을 규칙으로 정하였다. 그리고 그 규칙을 존중하고 동참할 사람인지 심사도 거쳤다.

건물을 지을 때 심의가 필요하고, 영업점을 오픈할 때 공식 확인을 먼저 받아야 하는 마을이다. 술집을 열겠다는 사람에게, 옆집보다 터무니없이 높은 건물을 짓겠다는 사람에게, 이웃 공간의 평온을 해치며 나만 돈 벌면 그만이라는 사람에게, "그거 하시면 안 돼요"라고 이야기하며 전체의 질서를 유지할 기관이 있어야 한다. 모두의 양보와 배려를 전제로 설계된 마을이므로, 양보와 배려에 따른 공적인 보답으로 전체의 가치를 끌어올릴 기관이 있어야 한다. 그게 헤이리 사무국이다.

헤이리 예술마을의 규정과 지침은 "뭐 이런 것까지?" 싶을 정도로 세세한 제한이 존재한다. 이 벽을 처음 마주한 사람은 고개를 젓는다. "여기는 뭐가 잘나서 이렇게 까다롭냐"라고 항변하기도 한다. 잘나서 까다로운 게 아니다. 20여 년 전부터 "세상에 없는 마을을 만들자"라는 모토로 설계되었고, 세세한 규정이 없었다면 애당초 탄생 자체가 불가능했을 것이다.

따라서, 이 마을에서 살거나 영업하려는 사람은 내 욕심을 조금은 포기할 줄 알아야 한다. 내 땅에 내가 하고 싶은 걸 할 수 없고, 내 건물에서 내가 장사하고 싶은 걸 조절해야 하며, 내 가게에서 내가 팔고 싶은 걸 팔아도 되는지 점검해야 한다. 위법이 아니더라도 마을의 철학을 해치는 행위는 규제받아야 하고, 이웃에 폐를 끼치는 행위에는 책임감을 부여하기 위한 패널티를 받아들여야 한다.

대신 양보와 배려가 일방적인 희생이 되지 않도록, 지난 1년간 헤이리 사무국은 참으로 열심히 뛰었다. 15년 넘은 낡은 홈페이지를 새로 만들고, 지도를 새로 그리고, 공식 프로그램을 가다듬었다. 헤이리 사무국은 비영리 사단법인의 조그마한 사무실인 관계로 늘 재정 형편이 시원치 않다. 전문가의 손을 빌릴 여력이 없어 오래 방치한 '해묵은 과제'가 쌓여있는데, 재정 핑계를 대지 않으려고 사무국 노동력을 갈아넣어 지난 1년 사이에 여러 문제를 '셀프' 해결했다. 홈페이지도 직접 만들고, 그 안에 넣을 콘텐츠도 직접 마을을 수백 바퀴 돌며 채우고, 지도를 직접 그리고, 유관 부처에 쉴 새 없이 지원을 요청하였다. 물론 지금도 뭔가를 만들어내기 위한 수많은 물밑 작업을 진행 중이다.

하지만 해를 거듭하면서 양보와 배려에 기반한 마을의 철학을 알지 못하는 구성원이 늘어날수록, 결과적으로 양보하는 사람이 바보가 되는 불합리한 상황에 노출된다. 그래서는 곤란하다. 어쩔 수 없이 사무국은 "그거 하시면 안 돼요"라는 인기 없는 말을 더욱 강경히 되풀이할 수밖에 없다.

세상이 변할수록 "모두 함께" 멋진 마을을 만들어보자던 초기의 '집단적 낭만'이 "나 혼자" 멋진 내 공간을 만들겠다는 '개인적 낭만'으로 바뀌어 간다. 세상의 흐름을 억지로 틀어막을 재간은 없다. 예술을 사랑하는 낭만이라면 기꺼이 열린 마음으로 이해하고 존중할 것이다.

그러나 아무리 세상이 변하여도 그 안에서 타협할 수 없는 가치가 있는 법. 헤이리 예술마을에서는, 첫째로 예술이 주인공이어야 하고, 둘째로 이웃을 배려하고 나의 욕심을 양보할 줄 아는 여유가 필요하다. 이것은, 이 마을에 심지어 대통령이 온다 해도 예외를 허락하지 않는 대원칙이다.

'미친 짓'으로 탄생한 마을이다. 수백 명 예술인이 그렇게까지 해서라도 간절히 추구하였고 '문화지구'로 공인받은 그 가치는 마땅히 존중받아야 한다. 다른 곳에서는 찾아보기 힘든 헤이리 예술마을만의 까다롭고 유난스러운 규정과 지침의 뿌리가 거기에 있다. 그러니 '미친 짓'으로 만든 '문화지구'에서 살거나 영업하려는 사람이라면 평범한 상식은

넣어두시기를. 예술을 사랑하는 낭만만 꺼내두시기를. 당신의 양보와 배려가 빛을 발하도록 사무국도 계속 노력할 테니.

오늘도 혹자는 묻는다.

"헤이리 사무국이 뭐 하는 곳인가요?"

이제는 이렇게 답하고 싶다.

"여기는 문화지구 헤이리 예술마을의 정체성을 지키면서 시대의 변화에 발맞추어 공공의 가치를 높이는 각종 사무를 보는 곳입니다."

예술을 사랑하는 모두의 낭만으로부터 이런 반응을 기대한다.

"그런 비하인드 스토리가 있었군요. 잘 알겠습니다. 제가 양보하고 배려하겠습니다. 그 대신 많이 도와주세요."

"네, 도와드리겠습니다. 그리고 많이 도와주십시오. 고맙습니다."

11
이근미

이다북스 대표
남편은 기획을, 아내는 디자인을 맡아
부부가 출판사를 운영하고 있다.
늘 나무에게 미안하지 않게
책을 만들겠다는 마음을 잊지 않으려 애쓰는 중이다.

11

그날, 그리고 지금

그래. 여기 헤이리 예술마을이야.

아니, 힐링하러 온 게 아니라 여기에 터를 잡았어.

네 말대로 그럴지도 몰라. 나도 처음에는 이곳을 미처 생각하지 못했으니까. 그렇다고 대단한 건 아니야. 굳이 여기가 아니더라도 옮겨올 곳은 많았는데 이만한 곳을 왜 외면했을까 싶기도 해.

우리가 여기 들어올 수 있을까? 나도 처음에는 그랬어. 가족끼리 놀러 오기는 했지만 이런 곳에 우리가 터를 잡을 수 있을지는 전혀 생각하지 못했으니까. 그런데 희한하게도 어느 순간 이곳에 자주 들르는 내가 신기해. 그러면서 출판사 일을 겸할 수 있다면 이곳이 좋겠다 싶었어. 그런 마음 있잖아. 너도 그럴 때 있잖아. 아니라고 생각했지만 계속 마음에 담아두는 것 말이야. 나도 이곳에 사옥을 짓는다는 게 언감생심이라고 했으니까. 이건 남편도 마찬가지였을 거야. 우리 일이라는 게 그렇잖아. 사람 만나고 사람들이 드나들고, 그러다 보면 시내가 훨씬 편하고 수월하잖아. 줄곧 합정역 근처에 사무실을 둔 것도 그런 이유였어.

그런데 어느 순간 마음이 바뀌더라. 힘들지만 이제는 우리 터전이 필요하다고. 그리고 마음 편히 놓으면서 일할 수 있는 곳이었으면 좋겠다고. 사람들이 드나드는 곳만 의식하는 게 아니라 사람들이 와서 마음 편할 수 있는 곳 말이야!

그런데 왜 헤이리 예술마을이냐고?

나도 그랬어. 이런 곳에 우리가 터를 잡을 수 있을까, 돌아보면 왜 그랬을까 싶기도 해. 운명이라고 하면 그렇지만 돌아보면 그러려고 그랬나 싶기도 해. 아이가 유치원 때였지. 같이 드라이브 왔어, 남편도 같이. 그때는 이곳이 참 좋다, 이런 데 사는 사람들은 어떨까 싶잖아. 그냥 지나가는 마음이었겠지. 그때는 그런 마음이었어. 그게 여기까지 왔네. 문득 이곳에 커피 마시러 왔는데. 그러다가 이런 생각이 들었어. 여기는 어떨까 하고 말이야. 이처럼 좋은 곳에 커피 마시러만 오는 게 어색하더라.

맞아. 내가 좀 과격하지? 그래. 어릴 때부터 나를 지켜본 너니까 그렇지. 그런 마음만 두고 돌아오기에는 뭔가 허전한 게 있잖아. 그래서 좀 과격해졌어. 커피 마시다가 문득 왜 이곳에 놀러 오기만 하지? 좋은 곳이라고 늘 생각하면서도 그런 곳이라면 왜 우리는 지나가는 몫만 하지라고 말이야. 그런 마음이 드니까 나도 모르게 과감해지더라고. 커피 마시다가 근처 부동산중개사무소에 문의해보고 토지 알아보고. 생각하면 그날은 내가 정말 과격했지만 지금은 그때 내가 과감해서 여기까지 온 것 같아. 일하는 거나 이곳에 온 거나 어릴 적 성격은 하나도 안 변하나 봐.

하고 싶은 것 많지. 다만 하나는 확실해. 우리가 이곳에 온 마음만은 지키려고 해.

시간에 쫓기거나 일에 급급해하지 않는 건 반드시 지키려고. 이게 내가 이곳에 마음을 둔 가장 큰 이유이자 우리가 해야 할 다음 일이라고 생각해. 그간 책을 내느라 옆을 제대로 보지 못했고 그러다 보니 책 내는 일이 계획표에 맞춰서 하는 것 같았거든. 물론 그렇게 애써 왔으니 이만큼 자리를 잡은 건 맞아. 하지만 이곳에서 커피를 마시면서 나를 들여다보는 것이 지금의 나를 이끌어준 것처럼 이제는 내가 나를 들여다보면서 좀 더 일을 즐기고 좀 더 행복해지고 싶어. 앞으로 어떤 일이 있을지는 모르지. 세상일이란 게 생각처럼 맞아떨어지는 건 아니잖아. 이곳에 터를 잡는다는 게 큰일이긴 해. 다들 놀랐으니까. 그러면서도 왜 나도 그런 생각을 하지 못했을까 부러워하더라. 함부로 넘볼 수 없는 일을 내가 해냈다고도 해. 그 말에 으쓱하기는 하지만 그만큼 부담도 돼. 이전까지는 겪어보지 못한 인생의 새로운 시작이잖아. 그것도 편하고 쉬운 것들을 내려놓아야 하니까. 과감했지만 과격한 건 아닌가 하는 마음도 없지 않았어. 지금 돌아보니 그때 내 과격함이 나를 과감하게 하네.

그래. 지금은 매일매일 헤이리야. 생각하면 아뜩하고 하루하루가 긴

장의 연속이지만, 그런 시간이 하나둘 쌓이니 이제 건물 모습이 제대로 서고 있어. 매일매일 올라가는 모습을 보고, 하나하나 다듬어지는 걸 지켜보니까 중간중간 깜깜했던 일이 지금도 아찔하네. 그래서 그랬나 봐. 집이나 건물을 지으면 10년 늙는다는 말이 있을 정도로 접근하기 힘든 일로 여겨지잖아. 더구나 그게 집이 아니라 사옥이고 우리가 앞으로 새롭게 계획하고 일궈야 할 곳이니까. 지금 내가, 아니 우리 가족이 그래.

글쎄 말이야. 다들 몸 버티기도 힘든 세상이고 버티는 게 최고라고 하는데, 우리는 일을 저질러버렸네, 하하. 웃음만 나오네. 그래도 좋은 사람들이 곁에 있어서 힘이 돼.

응. 이곳에 터를 잡고 건물을 올리면서 좋은 사람들을 만나게 됐어. 내가 이곳에 들어올 때 같이 시작한 동생도 있고, 알고 지낸 사이가 우연찮게 이곳에서 한데 모이고, 그러다 한둘 친구처럼 지내는 사이가 되었어. 혼자였으면 엄두도 내지 못할 일들을 그들이 있어서 힘이 나. 내가 고양이나 개는 질색인 거 알지? 그런 내가 이제는 그 아이들을 서슴없이 어루만지는 거 알아? 아무리 생각해도 내가 이곳에서 바뀌기는 하는가 봐. 그것도 건물 올리면서 아뜩했던 시간을 견뎌내고 신나게 말이야.

당연하지. 너를 위해 준비할 시간이 많은걸. 언제라도 좋아. 나도 그럴 때 있겠지만, 힘들 때 뭔가 정리할 시간이 필요할 때, 그때가 어느 때라도 찾아와. 너를 위해 마련할 날들을 기대하고, 당연히 그 자리는 언제라도 너를 위해 비워둘 테니까. 그러려고 이곳에 왔고, 그러려고 가을을 맞이하는 거잖아.

그래. 조금씩 바람이 느껴지네. 그렇게 격하더니 더위도 이젠 지쳤나 봐. 바람이 좀더 시원해지면 우리 건물도 제 모습을 보여주겠지. 벽돌 하나하나, 페인트 한 번 한 번 이어질 때마다 네가 올 날을 더해줄게. 그렇게 우리 출판사도 어린 티를 이겨내고 번듯한 나이가 되겠지. 이곳에서 우리만의 색깔을 품은 책들을 기획하고 펴내고, 작가들과 책 얘기를 하고, 그 안에 노을이 몰려오면 좋은 사람들과 함께 모여 서로를 보듬어주고. 그런 날들이기를 바라. 그렇게 네가 오는 날이기를 기대해.

미안해. 전화를 받고 얼마나 들떴는지 몰라. 오랜만에 네 전화를 받아 깜짝 놀라기도 했거든. 그래도 이렇게 네 목소리를 들으니 자꾸 어렸을 때 내가 된 것 같아. 그리고 네게 마냥 헤이리 얘기를 하고 싶어졌고.

그래, 내 얘기 잘 받아줘서 고마워. 그리고 잊지 말고 약속해. 이 바람에 더위가 밀려나면 언제라도 이곳으로 오겠다고 말이야. 너를 위해, 너희를 위해 헤이리 예술마을은 언제라도 열려 있으니까. 그때 우리 모두 늘 그랬듯이 행복하자, 더 행복하자, 친구야.

12
김길수

웨딩마을 대표
(전 헤이리그리다 스튜디오)

12

예술이란 무엇인가

'예술이란 무엇인가?'

소꿉친구들이 들으면 분명 비웃을 일이다. 어울리지 않게 스스로에게 예술에 대한 질문을 던지기 시작한 것은 헤이리마을에 들어오면서부터다.

2008년 봄, 나는 안산에서 스튜디오를 운영하고 있었다. 안산까지 출퇴근을 하던 때라 반대 방향으로 먼 파주에 갈 일은 전혀 없었다. 당시 스튜디오 이전을 고민하고 있었지만 후보지는 여전히 웨딩의 메카인 청담동과 인구 밀집도가 높은 부천, 두 곳이었다. 결정을 위해 강남과 부천 곳곳을 다니며 몸과 마음이 몹시 고단하던 때에 헤이리마을과 인연이 닿았다. 헤이리마을의 작은 웨딩스튜디오가 문을 닫으면서 웨딩소품을 정리한다는 소식이다. '헤이리 마을? 거긴 어딘가?' 위치가 파주라는 말에 잠시 귀찮음이 밀려왔지만 날짜를 잡고 헤이리를 찾았다. 마을 입구에서 만난 대표가 본인 차를 따라오라며 앞장을 선다. 가다가 예쁜 건물이 나오면 차를 세우고 건물의 특징과 무엇을 하는 곳인지 소개해 주기를 반복한다. 처음에는 바쁜 마음에 이 분이 왜 이러시나 싶었는데 생각해보면 그때 이미 헤이리 마을의 매력에 빠지고 있었던 것 같다.

본인 말로는 이곳이 너무 예쁘고 좋은데 베이비 스튜디오를 오픈하게 되어서 어쩔 수 없이 정리하는 거라고 변명 아닌 변명을 늘어놓는다. 하지만 그분이 변명을 하든 말든 나에겐 들리지 않는다. 오직 헤이리가 독특하고 예쁜 곳이라는 생각뿐이었다. 일단, 원래 목적이었던 소품을 모두 인수해서 사무실에 돌아와 보니 엉뚱하게 강남, 부천에 이어 헤이리마을이라는 후보지까지 머릿속에 담아 온 것이 아닌가! 고민만 더 깊어졌다. 강남, 부천을 제치고 선택할 만한 웨딩과의 연결고리를 헤이리에서 찾고 싶었지만 찾지 못했다.

한 달 간의 치열한 고민 끝에 눈에 보이는 가능성과 더하기 빼기 계산 보다는 마음이 가는 헤이리마을로 이전을 결정과 동시에 실행했다. "그래, 정성껏 예쁘게 사진을 촬영해주다 보면 신부님들이 좋아할 테니까 입소문만 나면 많이 찾아올 거야." 당시에는 실내 스튜디오 촬영이 트렌드이기도 했고, 촬영자들도 날씨와 빛의 변화에 영향이 큰 야외보다는 실내를 편하게 여겨서 남들과는 다른 사진과 실력으로 극복해보고 싶은 열정과 승부욕도 한몫했음을 고백한다. 30대 후반의 나였기에 또, 헤이리를 만났기에 저지를 수 있었던 무모한 결정이었다.

2009년 3월 '헤이리그리다 스튜디오'로 사업자를 내면서 본격적으로 무모한 결정의 대가를 혹독하게 치러야만 했다. 우선 야외촬영과 먼 거리를 꺼려 하는 직원들을 어르고 달래고 그러다 갑자기 그만두면 정신없이 찾아 스카우트하고, 손발을 맞추기를 반복하는 일이 쉽지 않았다. 그러나 헤이리 마을의 그림 같은 풍경, 각각의 독특한 건축물들을 배경으로 신랑, 신부와 함께 작품을 만드는 느낌이 들어 스스로도 '예술인마을'의 그 예술인이 된 것만 같은 뿌듯함과 보람이 큰 힘을 주었다. 그런데 아이러니하게도 나를 가장 어렵고 힘들게 한 이유 역시 그 예술이라는 것이었다. 헤이리마을에 대한 나의 애정과 사진에 대한 자부심과는 무관하게 웨딩사진은 상업적인 목적이라는 이유로 예술과는 거리가 먼 비문화로 치부되었고 그 사실에 화가 난 나는 종종 싸움닭이 되곤 했다.

정확히는 그때부터다. 서두에 적은 것처럼 친구들이 알면 웃을 법한, 예술이라는 것에 대해 형이상학적 질문을 스스로에게 던지고 던졌다. 어쩌면 웨딩과 헤이리와의 연결고리를 찾지 못하고 시작했던 인연을 예술이라는 것에서만은 명확한 고리를 찾아 운명으로 규정짓고 싶었던 것 같다. 나의 내적 몸부림과 함께 촬영을 의뢰하는 손님들은 점점 늘어갔다. 다른 후보지였던 강남과 부천에서도 찾아오고 수많은 웨딩플래너들의 제의도 들어왔다. 당시 대부분의 업체들이 컨설팅과 웨딩플래너에게 수수료를 주고 사진을 찍는 추세라 많은 물량이 그들에게 좌지우지되었지만 난 거절했다. 신랑, 신부와 웃고 고생하며 야외에서 정성스럽게 촬영한 결과물을 수수료를 받고 싸게 팔고 그로 인해 어쩔 수 없이 사진을 빠르게 똑같이 찍어 내고 싶지 않았기 때문이다. 그런 마음이 전달되어서 인지는 모르겠지만 전국에서 헤이리마을을 놀러 온 커플들의 문의와 계약이 이어졌다. 몇 년쯤 지났을까? 변하지 않을 것 같던 결혼 문화에도 변화의 바람이 불었다. 커플들이 우선순위나 중요하게 생각하는 곳에 결혼 비용의 대부분을 지출하면서 결혼 전 진행하는 웨딩사진이 하향곡선을 그리고 있었다. 그러던 중 원빈, 이효리를 비롯한 영향력이 있는 연예인들의 스몰웨딩이 이슈가 되었고 자신만의 특별한 결혼식을 꿈꾸고 실천하는 사람들이 많아졌다. 자연스럽게 신랑, 신부들이 스튜디오를 결혼식 장소로 요청하는 일이 생기면서 조심스러웠지만 거절할 이유는 없었다. 그렇게 한 커플, 한 커플 정성스럽게 진행한 스몰웨딩의 횟수가 늘어나면서 스튜디오도 어느새 하우스웨딩을 위한 공간이 되어 있었다. 촬영부터 결혼식까지 짧게는 몇 달, 길게는 2년 전부터 커플들과 새 출발을 준비하면서 헤이리그리다 스튜디오도 '웨딩마을'이라는 새로운 이름으로 사업자를 등록하게 되었다. 종종 헤이리마을만한 웨딩마을이 있는 줄 알고 오시는 분들도 있다. 물론 그렇게 되기를 꿈꾸면서 그럴싸한 이름들 대신 선택한 상호다. 그리고 그 꿈은 여전히 진행 중이다. 현재는 스몰웨딩과 야외 결혼식은 주말에, 주중에는 웨딩촬영과 향기로운 카페로 운영되는 멀티플레이스가 되었다.

이쯤 되면 그래서 '예술'과 '웨딩'의 고리를 찾았는지, 아예 찾기를 포기한 건지 궁금해지실 것이다. 결혼은 서로 다른 삶을 살아온 두 사람이 만나 새로운 출발을 알리는 신호탄과 같다. 분명 축제처럼 즐겁고 행복한 일이지만 쉽기만 한 일이 아니다. 결혼이란 걸 해본 사람이라면 모를 리 없다. 수많은 각각의 인생과 이야기를 담고 있는 커플들의 결혼식을 준비하면서 재밌게도 가끔 아내와의 만남과 결혼을 추억하고 있는 나를 발견한다.

'사람이 온다는 건 실은 어마어마한 일이다. 그는 그의 과거와 현재와 그리고 미래와 함께 오기 때문이다. 한 사람의 일생이 오기 때문이다'라는 시 구절을 우연히 봤을 때, 그 동안 머릿속을 맴돌기만 하고 표현하기 어려웠던 무언가를 찾은 기분이었다. 시인이 말하는 그 어마어마한 한 사람의 일생이 예술이 아니면 무엇일까? 그럼에도 웨딩은 예술의 영역이 아니라고 해도 상관없다. 아니, 상관이 없어졌다. 예술 같은 두 인생의 만남이 새롭게 시작되는 순간. 그 아름답고 행복한 페이지야 말로 다른 어떤 장소보다 헤이리마을과 어울린다는 생각에는 줄곧 변함이 없기 때문이다. 더불어 웨딩마을이 그 순간을 더욱 빛나게 할 공간이 되었길, 앞으로도 그러하길 희망 할 뿐이다. 살짝 서운한 마음이야 들겠지만 나는 잊더라도 헤이리마을과 웨딩마을에서의 출발이 행복한 순간으로 남게 되길 바란다. 시간이 흐른 뒤에도 나처럼 종종 꺼내어 보며 웃음 지을 수 있다면 더할 나위 없이 감사하겠다. 이러고 있을 때가 아니다. 당장에 야외 캐노피로 들이친 비가 난리다. 기꺼이 웨딩마을의 집사모드로 서둘러 빗자루를 펴고 생각을 접는다.

13
류재민

류재은베이커리(헤이리 아트밸리점)

13

류재은베이커리

아름다운 마을과 자연의 색채가 넘쳐나는 그곳 헤이리에서 중년의 아내를 바라보는 남편의 눈길도 부드럽다. 유리구두를 신고 생쥐가 끄는 호박마차를 타고 쇼핑을 즐기던 신데렐라와 왕자는 이곳에서 헨젤과 그레텔의 과자집처럼 예쁜 카페를 만난다. 바로 류재은 베이커리 헤이리 아트밸리점이다.

1층에 100여 가지가 넘는 빵과 과자, 초콜릿이 가득하다. 알록달록 예쁜 쿠키와 파스텔톤 내부 인테리어 헨젤과 그레텔은 이곳에서 길을 잃었을까? 여기서 유명한 마늘 바게트는 줄을 서서 구매할 정도로 인기가 좋다. 가장 인기 있는 제품은 마늘빵과 신선한 블루베리가 들어간 블루베리 식빵이다. 빵을 골라 녹슨 철제 계단을 통해 2층에 가면 가족, 연인과 함께 할 수 있는 환상의 공간을 만날 수 있다.

30년 넘게 빵을 만들어온 대표는 앞으로도 열심히 빵을 만들고 싶어한다. 가정 형편이 어려웠던 시골 소년이었던 대표는 일찍이 생활전선에 뛰어들어 제과 기술을 접하게 된다. 어린 나이에 어려움이 많았지만 그 어려운 과정이 있었기에 지금의 류재은베이커리가 존재할 수 있었다. 1997년 대치동에서 어렵게 처음 문을 연 베이커리에서 성공은 그리 쉽게 오지 않았다. 문을 연지 열흘 만에 IMF라는 큰 파도를 만나게 된다. 게다가 국내에서 유명한 대형 베이커리가 주변에 들어온다.

그러나 위기는 새로운 기회를 위해 준비된 과정이었다. 그때 자주 단골로 찾아주셨던 파주 프로방스의 회장님이 빵을 주문하기도 케이크를 주문하기도 하셨었다.

그때 유심히 지켜보던 회장님이 자신이 꿈꾸던 아름다운 마을 프로방스를 같이 만들어 가자는 제안을 했다. 당시만 해도 허허벌판이던 파주 프로방스에 베이커리 사업은 모험이었다. 회장님은 6개월 동안 본인이 적자를 감수할 테니 같이 하자는 파격 제안을 했다. 그리하여 당시 제과 식품 무역회사에 다니던 동생과 함께 프로방스로 향하게 된다. 앉아서 적자를 보고 있을 수는 없어 새벽부터 밤늦게까지 열정을 가지고 빵을 만들었고 그리고 프로방스 레스토랑에 들르셨던 고객들이 빵을 구매하면서 입소문이 나기 시작했다.

주5일 근무제가 본격적으로 시작할 때 손님들은 폭발적으로 늘었고 작은 매장은 주말이면 발 디딜 틈이 없을 정도로 문전성시를 이룬다. 손님이 몰리자 주변에 있는 헤이리 마을에 지점을 오픈하고 동

생이 운영하며 오늘까지 이르게된다. 지금은 프로방스 마을에도 손님이 많지만 자연과 함께 어우러진 헤이리마을을 좋아하시는 분들이 가족, 연인과 함께 꾸준히 발걸음을 하고 있다.

류재은베이커리는 프랑스 현지 유학생에게 유럽 전통의 맛이라고 평가받고 있을 정도로 깊은 풍미를 자랑하고 있다. 류재은베이커리는 앞으로 지역 특산물과 연계해 그린푸드 사업의 일환으로 웰빙 제과, 제빵을 개발할 계획이다.

14
지재건

파인트리 대표

2011년 9월 19일 헤이리 예술마을에 입성하다.

14

헤이리거지

21살 군 제대 후 학교를 다니면서 아버지 밑에서 프로그램과 광고(디자인과 현수막 출력) 일을 배웠다. 그렇게 10여 년 동안 부모님과 같이 일을 하다가 내 나이 33살 결심을 했다. 나가서 독립을 해보자라고.

그렇게 결심을 하고 있는 거 없는 거 전부 팔아치우고 대출까지 받아서 헤이리마을이라는 곳에 들어가게 되었다. 10평 남짓한 사무실, 출력 장비 한 대, 거기에 필요한 부수적인 장비들과 사무용품들. 그렇게 나의 사업은 시작되었다.

있는 거 없는 거 다 팔고 들어가니 아버지가 필요한 곳에 보태 쓰라고 천만 원을 주셨다. 태어나서 처음으로 아버지께 큰돈을 받았던 거 같다. 헤이리마을에 입성했는데 처음엔 일이 하나도 없고 1년 넘게 편의점 도시락에 컵라면으로 때웠던 거 같다.

나름 힘들게 헤이리 생활에 적응을 하면서 이곳에서 알게 된 사람들과 하나둘씩 친해지면서 운동도 같이하고 즐거운 시간을 보내면서 일을 했다. 그중에 지금까지도 가깝게 친분을 이어가고 있는 코피코피 권혁 사장님이 있다. 헤이리에 왔는데 아무도 모르고 어색할 때 여러모로 나를 챙겨주셨다. 서울대 출신에 의사 공부를 하다가 카페 사장으로 전향하신 그분은 공부도 많이 해서 그런가 내가 지금까지 알던 사람들과는 조금 달랐다. 일이 없을 때면 거의 매일 사장님을 만나며 커피에 대해서도 배우고, 수다도 떨면서 친해져갔다. 그리고 그 사장님을 통해 철작업을 하는 이근세 작가, 목작업을 하는 김세진 작가, 일러스트를 그리는 김영민 작가, 갤러리를 운영하는 김지수 관장님, 금속작업을 같이하던 이주연 작가, 아트디렉터였던 상일이 형 기타 등등 외에도 여러 분야의 사람들을 만나면서 그들과 함께 술도 마시고 작업에 대해서 이야기도 하고 소통할 수 있어서 나름 신박하고 내가 모르던 분야에 대해 알아가다 보니 신선하고 즐거웠다.

헤이리의 겨울은 정말 춥다. 그 당시를 회상해보면 코피코피 사장님과 내가 늘 누더기 옷에 찢어진 파카를 입고 추운 겨울에 밖에서 냉커피를 마시고 다니니까 주변 사람들은 헤이리거지 같다고 놀리기도 했다. 하지만 그 단어가 싫기보다는 정감 가고 좋았다.

헤이리에 와서 힘든 시절을 같이 하고 공유해서 그런지 위에 언급된 사람들과는 지금까지도 연락을 하고 무탈하게 아주 잘 지내고 있다. 또한 비즈니스에 관련된 일에 있어서도 잘 챙겨준다.

그렇게 사무실에만 있고 편집과 출력을 하던 나에게 어느 날 갤러리를 운영하시는 관장님이 새로운 일에 도전해보라며 외부 간판 작업을 맡기셨는데 그때가 외부작업을 하는 시발점이 된 거 같다. 사무실에만 있던 내가 밖으로 나가서 일을 하기 시작하고 외부 설치 시공이라는 것을 하면서 색다른 재미를 느끼고 사람들과 교류하면서 또 다른 에너지가 생성되는 것 같아 힘든 줄도 모르고 열심히 했던 거 같고 지금까지도 진행형이다.

그렇게 일을 하다 보니 일도 점점 늘어나고 10평 남짓한 사무실에서 시작했던 내가 두 번, 세 번 이사를 하고 지금은 100평이나 되는 사무실에서 근무한다. 10년 헤이리마을에서의 생활이 헛되지 않고 계속 전진하면서 발전해나가는 내가 뿌듯하다. 앞으로도 지금처럼 초심을 잃지 않고 점점 더 발전해나가는 파인트리가 되길 바란다.

이곳 헤이리마을에서 10년이란 시간 동안 옆에서 응원해주시고 가르쳐주신 한 분 한 분에게 깊은 감사를 드린다. 그 옛날 헤이리거지가 헤이리부자로 거듭났다.

나오며

책방을 하면서 출판사를 하고 책도 내고, 글도 쓴다. 사람들과 소통하면서 사는 즐거움을 만끽하려고 한다. 언제 죽을지 모르니 열심히 살자 주의다. 많은 분들이 흔쾌히 도와주지 않았으면 엄두도 못 낼 프로젝트였다. 헤이리 와서 너무 좋은 분들을 많이 만났다. 어릴 땐 인복이 있는 줄 몰랐는데, 나이가 드니 내가 참 인복이 많은가 보다 생각 중이다.

글 작가님들을 섭외할 때 많은 분의 도움이 있었다. 특히나 헤이리 크레타를 운영하는 김기호 선생님의 도움이 컸다. (이분은 본문의 성낙중 작가님의 글에서 고마운 분이라고 이미 소개한 바 있다.) 헤이리의 많은 분들을 소개해주었을 뿐 아니라, 그분들이 선뜻 글을 써줄 수 있도록 도와주셨기 때문이다.

책이 나오는 중에, 글 작가님 중 한 분이 헤이리 사옥을 짓던 중 시공사와 문제가 있었다. 집 지으면 10년 늙는다는 말을 누구보다 실감한다고 했다. 결국 잘 해결되었지만, 우리가 사는 세상은 언제나 사소한, 때로는 아주 거대한 풍파에 휩싸인다. 중요한 것은 그걸 이겨내고 나아가느냐? 아니면 포기하고 좌절하느냐의 문제가 아닐까 싶다.

이 글로 지금보다 많은 이들이 헤이리에 조금만 더 관심을 가졌으면 한다. 어디 가나 사람들이 많이 찾아와서 가게엔 사람들이 넘치고, 작가들에겐 작품을 사려는 사람들이 줄을 서고, 맛집엔 음식을 맛보기 위해 예약이 쇄도하기를 바란다. 그리고 책방에도 끊임없이 사람들이 와서, 책을 고르고 책을 읽고 책을 읽은 소감을 나와 함께 나누었으면 한다. 그렇게 헤이리에 계시는 분들이 모두 다 함께 행복한 세상이 되었으면 한다.

헤이리의 발전을 위하여. 그리고 그 헤이리를 사랑하는 이들을 위해 이 책을 바친다.

누군가 그런 이야기를 한 적이 있다. 헤이리는 복잡한 주말보다는 한적한 주중에 와서 사람이 없는 길을 천천히 걸어보는 것이 좋다고 말이다. 그렇게 걷다 보면, 여기에 이런 곳이 있네? 하는 집들을 발견할 것이다.

아마 인생도 그런 거와 비슷하지 않을까 싶다. 남들 다 가는 그런 길 말고, 나만의 길을 만들어서 가는 그런 사람들이 많아졌으면 한다. 그리고 그들이 큰 행복을 찾아가길 진심으로 바란다.

글쓴이

쑬딴(책방)

성낙중(작가)

김민수(공인중개사) 천호균(농부)

박봄슬(카페) 정병규(책방)

조형미(플리마켓) 송효섭(작가)

장민자(도자공방) 유상현(헤이리사무국)

이근미(출판)

김길수(웨딩)

류재민(베이커리) 지재건(광고)

오늘 같은 날 헤이리

1쇄 발행 2022년 11월 22일

지은이 : 쑬딴 외
펴낸이 : 김영경
디자인 : 오래된서점
제작 : 제일프린테크
펴낸 곳 : 쑬딴스북
출판등록 : 제2021-000088호(2021년 6월 22일)
주소 : 경기도 파주시 탄현면 헤이리마을길 82-91 B동 202호
이메일 : fuha22@naver.com
ISBN : 979-11-976974-2-5 03800

이 책은 2022년 경기콘텐츠진흥원에서 진행한 '글쓰기창작소' 사업으로 발간된 책입니다.

헤이리 예술마을과 함께하고 있으며
그 안에서 마주하는 시간은 우리 삶에 햇살을 들게 한다